公事宿 裏始末5

追っ手討ち

氷月 葵

時代小説

二見時代小説文庫

公事宿《くじやど》 裏始末5——追っ手討ち

目次

第一章　祝いの瑕《きず》

一

　威勢のいい男達の行き交う内神田《うちかんだ》の道を、矢野数馬《やのかずま》は角樽《つのだる》を手に歩いていた。酒の詰まった樽は重く、しびれはじめた右手から、こっそりと左手に持ち替える。まだ二十歳そこそこの身で、重さに音《ね》を上げたとは思われたくない。が、それは気づかれていた。

「大丈夫か、もうすぐ着くぞ」

　隣を歩く柿崎左内《かきざきさない》が、行く手を指さして笑顔を向けた。道の先に、家の木組みが見えてきた。内側ではすでに人が集まって、にぎやかな声を上げている。棟上《むねあ》げの祝いだ。

「今日、棟上げ祝いがあるのです」

寄宿する公事宿《くじやど》暁屋《あかつきや》の主《あるじ》喜平《きへい》に廊下で呼び止められ、そう言われたのは先刻だった。暁屋にも出入りしている畳屋が、新しいお店《たな》を隣に造るのだという。

「わたしも祝いに呼ばれているんですが、今日はあいにくとお白州《しらす》に出なければなりません。代わりに行っていただけませんか」

公事師である喜平は、訴えを起こす公事人に付き添って奉行所に行ったり、お白州に出たりと忙しい。喜平は廊下から、玄関脇の部屋にも声をかけた。

「左内様、おられますか」

おう、と顔を出した用心棒の左内に、喜平が目で笑《え》んでみせる。

「数馬様とごいっしょに、祝いの酒を持って行ってくださいませんか。酒は伏見《ふしみ》からの下《くだ》り物。これはもちろんあちらで振る舞われましょうし、ほかにもよい酒や料理が揃っているはずです」

「おう、行かいでか」

左内が満面の笑みになり、数馬もそれにつられた。

にぎやかな棟上げ式の前に立って、数馬はあたりを見まわす。畳屋安芸屋《あきや》の主は半《はん》次郎《じろう》という名だと喜平から聞いている。数馬はすうっと息を吸うと、大きな声を出した。

「半次郎さん」

はーい、奥から声がして、四十がらみの男が、木組みを跨《また》ぎながらやって来た。暁屋から来たことを伝えると、半次郎は腰を曲げて、角樽を受け取って、内側へと顔を巡らせる。

「ささっ、どうぞ中へ。つまらないものしかありませんが、喜平さんの分も、召し上がっていってください」

「おう、では遠慮なく」

左内が木組みだけの敷居を跨ぎ、数馬もそれに続く。中では床几《しょうぎ》に板を乗せ、緋《ひ》毛氈《もうせん》を敷いた物が座卓代わりにしてあり、上には所狭しと徳利や色とりどりの料理が並べられていた。それを囲んで法被《はっぴ》姿《すがた》の大工や羽織《はおり》姿の町衆達が笑い声を放ちながら、杯を交わしている。

数馬と左内は詰めて開けられた場所に座り、すすめられた杯を手に取った。昼日中とはいえ、祝いの席では誰はばからずに顔を赤く染めている。数馬もためらいを感じずに、甘やかな香りの酒を口に含んだ。喉を遡《さかのぼ》って、頭の中に甘さが届く。

「こりゃ、うまい」

先にうなったのは左内だ。眼を細めて首を振っている。

「ええ、いい酒ですね」

数馬も思わず頰を弛《ゆる》めた。

「さ、お侍さん、これもどうぞ。小鯛《こだい》の当座寿司《とうざずし》です」

白い皿に盛られたのは、薄桃色の皮がついた鯛の押し寿司だ。左内はそれを受け取ると、口に放り込んで眼を細めた。

「おお、うまいうまい」

数馬もそれに倣《なら》いつつ、首を傾げる。

「本当だ、うまい。しかし、当座とは変わった名ですね」

「ああ」左内は二つ目をつまんで頷く。「作ってから半日や一日、当座のあいだ置くからだと聞いたことがあるな。寝かせると味がよくなるという話だ」

左内は口を動かしながら、近くの煮物にも箸を伸ばす。高野豆腐《こうやどうふ》や人参、茄子《なす》などがつやつやとした色を見せている。数馬も茄子を含んで眼を細めた。

「うまいですね。いい店から取り寄せてるんでしょうね」

「そのようだな」

左内も片目をつぶって笑う。

「さて、皆様、本日は……」

安芸屋主の半次郎が挨拶をはじめた。

「人の世は五十年と申します。わたしの残りもそれほどはなかろうと、はたと気がつきまして、一念発起したのが去年の暮れ。元気なうちに新しいお店を造っておこうと思い立ち、こうして棟上げにまでこぎ着けることができました。これもひとえに、日頃なにくれとなく情をかけていただいている皆様のおかげ……」

半次郎はとうとうと言葉を連ねると、最後に眼を赤くして頭を下げた。

道には大勢の子供達が集まっている。手代らしい男がそれを見て、箱を抱えて半次郎に渡した。中には半紙で包まれた餅《もち》が詰まっている。

「さあ、では餅撒《ま》きをしますぞ」

半次郎は道に向かって立つと、包みを放り投げた。子供達から歓声が上がり、大人までが後ろから手を伸ばす。

「あっしは上で撒きやしょう」

そう言って、法被姿の若い大工が立ち上がった。

「はい、じゃ、虎市《とらいち》さんにはこれをお願いします」

手代が別の箱を渡す。

虎市は箱を抱えて、梯子《はしご》を上った。

「それーっ」

二階に立って、勢いよく餅を撒く。子供達は遠くまで飛ぶ餅を、わあわあと言いながら奪い合っている。数馬は、器用に木組みの上に立って餅を撒いている虎市を見上げた。子供達の歓声に気をよくしたのか、虎市は筋交《すじか》いに手足をかけると、さらに上の梁《はり》に登っていった。棟木と屋根を支える梁の上に立ち、勢いよく餅を撒く。その軽業のような身のこなしにも歓声が沸き、虎市は梁の上で跳ねたりしている。

数馬と左内は、次々に降ってくる餅や、それに手を伸ばす子供達を見て微笑《ほほえ》んだ。

「いいもんですね、棟上げ祝いというのは。わたしは初めて出ました」

数馬の笑みに左内が頷く。

「ああ、しがない浪人の我々は、一生、出す側にはならんからな、祝いの席で御相《しよう》伴《ばん》にあずかれるのは僥倖《ぎようこう》だ」

「まったくですね」

互いの杯に酌をして、二人は笑顔を交わす。と、そこに不似合いな声と音が響いた。

「うわあー」

声の主は二階の梁の上の虎市だった。抱えていた箱は下に落ち、虎市も梁にぶら下がっている。立っていた梁が、中程で折れ、曲がっている。虎市はそれをつかんで身体《からだ》を揺らしているのだ。皆がどよめいて、それを見上げた。揺れているすぐ下は二階の木組みで、その上にうまく飛び降りるのは、誰が見ても至難の業《わざ》だ。虎市は身体を揺らしながら下に向かって叫んだ。

「どいてくれ、飛び降りる」

皆がどよめきながら、道を丸く空ける。祝いの席にいた人々も皆、立ち上がって、そのようすを見つめた。

「よっ」と、大きな声を出して、虎市は宙に舞った。そのまま落ちていき、地面に着くと、くるりと身体をまわす。二回まわると、虎市はすっくと立ち上がった。大きな歓声が沸き起こり、皆が虎市に走り寄る。

「でえじょうぶか」

「怪我しなくてよかったな」

大工仲間は口々に言って、虎市の身体を叩きながら無事を確かめる。その外側に立つ人々は、上を見上げていた。梁は少しつながっているものの折れ曲がって、左右の柱も傾いて見える。

「ど、どういうことですか」

安芸屋の半次郎が指をさすと、虎市はぐいと口を拭《ぬぐ》った。

「いや、上で跳ねたら、ぎしっと音がしたんでさ。こりゃおかしいと見てみたら、ひびが入っていやがった。よく見ると、中は黴《かび》が生えて腐っていやがる。こりゃいけねえ、と足で踏んでみたら、折れやがったんでさ」

驚きの声とともに、皆が梁を見上げる。虎市は腕を振り上げて梁をさした。

「とんでもねえ木をつかまされたということでさ。材木問屋の勝木屋《かつきや》は腐った木を平気で売りつけるってことだ」

ざわざわと人々の口からつぶやきがもれる。

「あこぎな商売をするもんだ」

「怖くて買えねえな」

「聞いたか、勝木屋だってよ」

そんなざわめきを聞きながら、数馬と左内も梁を見上げる。

虎市は工事の依頼主である半次郎に近寄った。

「下手《へた》をしたら棟木が落ちるかもしれねえ。これから支えを造りますが、危ねえから祝いはお開きにしたほうがようござんすよ」

「あ、ああ、そうだな」

おろおろと半次郎はその場でまわる。皆はせっかくの祝いに瑕《きず》がついたのを、気の毒そうに見ている。

左内は数馬を肘《ひじ》でつついて言った。

「中途はんぱな酒になったな。当座寿司をもらって帰って飲み直すか」

「ええ、そうですね」

数馬は折れ曲がった梁を見上げながら、頷いた。


翌朝。

数馬が暁屋の二階の部屋で、昨夜の酒が残ったままくつろいでいると、番頭の友吉《ともきち》に廊下から呼ばれた。

「公事をしたいというお客さんが来たので、旦那さんがお越しください、ということです」

はい、と数馬は文箱《ふばこ》を携《たずさ》えると、そのあとについて階段を下りた。

友吉は主喜平の養子だが、仕事中はお父さんとは言わずに旦那さんと呼ぶ。友吉は部屋の前で数馬を振り向いた。

「こちらです」

部屋の中には喜平と若い法被姿の男が向かい合っていた。数馬は片隅の文机《ふづくえ》を移動させると、喜平の後ろに座った。男はいきなり現れた侍に、怖《お》じけたようにちらちらと見る。その目に気づいた喜平が穏やかな笑みで言った。

「こちらのお侍はうちの筆耕《ひっこう》です。書が達者なので、目安《めやす》などを書いていただいているのです。まずはお話をおおまかに書き留めますので」

「め、めやす……」

首を傾げる男に喜平が頷く。

「ええ、訴えたい内容を書いた訴状です。それを奉行所に出して、お取り上げいただけるかどうか、吟味《ぎんみ》していただくのです。して、訴えたいのはどのようなことですかな。まず、お名前からお願いします」

数馬は墨をすりながら、ちらりと男の顔を見た。まだ二十も半ばを過ぎたばかりであろう若い顔は、日焼けをして真っ黒だ。男は背筋を伸ばして言った。

「あっしは植木職人をしておりやす、下谷町《したやちょう》太郎兵衛《たろうべえ》長屋の定吉《さだきち》といいやす。実は金を巻き上げられて、それをいっこうに返してもらえねえんで、なんとか取り戻してえんです」

「金、ですか。いや、それは受けられません」

喜平の即答に、へ、と定吉は目を剝《む》く。喜平は首を横に振った。

「もうかこれこれ八年前になりますな、享保《きょうほう》の四年に公方様《くぼう》が相対済《あいたいす》まし令《れい》を出されまして、金公事《かねくじ》はいっさい受け付けないことになったのです。返せ払えという金の悶着《もんちゃく》があまりにも多く持ち込まれるので、これでは奉行所がいくつあっても足りないと思われたのでしょう。金の諍いは当人同士が相対して解決せよ、というお触れを出されたんですよ」

「へえ、そうですかい」定吉はしかし、膝で前に進む。「じゃ、あげくに殴られているんですが、それはどうですかい。棒を持って追って来たりもするんです」

「ほう、それは乱暴な」喜平は眉を寄せる。「しかし、それなら自身番にお行きなさるのがいい。人を無闇に傷つけるのは御定法《ごじょうほう》破り。番屋に行けば、すぐにお役人に知らせてくれますよ。そういう誰にでも判断できるわかりやすい内容は、公事では扱わないんです」

は、あ、と定吉は顔を曇らせるが、さらに膝を進めた。

「そいじゃ、こいつはどうです。あっしは今、追い出されそうになっているんです。ちゃんと店賃《たなちん》は払っているってえのに、出て行け、と責められて、こいつは筋ちがいな気がするんです」

「ほう、確かにそれは道理に反しますな。それは公事にできます」

喜平は目の端で数馬を見る。数馬は目顔で頷いて、それを書き留めた。

「では」喜平が姿勢を正す。「その相手の名を教えてください。長屋の大家ですか、それとも家主ですか」

「いえ、うちのかかぁです」

「はっ」

喜平の目が丸くなる。数馬はぷっと吹き出しそうになって、慌てて口を押さえた。以前、やはり他愛もない訴えを聞いて吹き出した時に、あとで喜平に言われたからだ。

「公事宿に来るお人は、たとえ埒《らち》もないと思える話でも、当人は真剣なのです。笑っては……いえ、笑う時には気づかれないようにお願いしますぞ」

数馬は俯《うつむ》いて笑いを押し殺した。喜平は腕を組むと、うなった。

「ううむ、すると、棒を持って追いかけるのも、お内儀《かみ》さんですかな」

「へえ、かかぁと、おっ母《か》さんの両方です。おっ母さんは実の息子だってえのに金を巻き上げるし、ちっとも返しやしねえ。かかぁもグルになって、金を持っていくし、足りねえと言って、二人してぶちやがる。あげくに出て行けと、怒鳴るんでさ。あっしはもう悔しくて、お白州でお灸《きゅう》をすえてもらいてえんで」

　喜平も下を向き、黙り込んだ。肩の震えでやはり笑いを堪《こら》えているのが数馬にもわかった。が、すぐに顔を上げた。

「植木職人と言いましたな。けっこうな稼ぎがあるのではないですか。給金はどのくらい渡しているんですかな」

「それは、その時どきでいろいろと……」

「ふむ、お仲間と遊びますか」

「へえ、みんな酒が好きなもんで、仕事上がりには飲むのが楽しみで……」

「なるほど、給金をもらうと、まず、酒を買う。これは誰しもやることです。最近は下《くだ》り物のいい酒も多いですからな」

　にこやかな喜平の面持ちにつられて、定吉も笑う。

「へい、そうなんでさ。みんな口が肥えているもんで、濁りなんざ飲みやしねえ」

「ほう、そうなると、家に帰ると、財布は軽くなっていることでしょうねえ」

「へえ、まあ。けど、少しは残して……やすよ……だいたいは」

「なるほど」喜平が真顔になる。「では、ひとつ、こうしたらいかがですかな。植木職人をしているのなら、もうひと仕事増やせばいい。雨の日などは暇でしょうから、皐《さつき》や松やらの苗木を育てるのはどうです。仕事終わりは誘いを断れないでしょうが、雨の日なら外に出なければいい。苗木を売るといい商いになるといいますから、それをおっ母さんやお内儀さんに渡せばいいのではないですか」

「商い、ですか」

「はい。定吉さんはじゅうぶんに渡しているおつもりでしょうが、相手が足りないと言うのなら、それもまた正しいのです。身を削りたくはないでしょうから、それなら身を太らせばいい。稼ぎを増やしなさい」

「へ、え」

定吉は腑《ふ》に落ちないような落ちたような、曖昧《あいまい》な面持ちで頷く。喜平は声を太く重くした。

「いいですか、家の中の揉めごとは、家督争いくらいに大ごとにならなければ、公事にはできません。今後は大家さんに相談なさるのがいい。ちゃんと差配されているのでしょう」

「へい。けど、あっしの味方はしてくれねえんです」

「はい、それは定吉さんに非があるということです。そもそも公事にしても、一方の言い分だけを聞いてくれるわけではありませんよ。逆に叱られたり、罰せられてしまうことだってある。定吉さんの話を聞いていると、どうも、そちらの気がしますな」

「へっ、あっしが悪いっていうんですかい」

定吉がのけぞるのを、喜平は苦笑いを浮かべて見た。

「まあ、今の話だけでは、そこまではわかりません。しかし、相手にも言い分があるから怒るのです。それを踏まえて、稼ぎを増やすことをしてみるのが最善でしょう。それで変わると思いますよ」

「変わる……あっちがですかい」

「ええ、相手を変えたい時には、まず己を変える。それが最良の道なんです」

へえ、と定吉は目をきょときょとさせ、やがて頷いた。

「そいつは思いつきやせんでした。ひとつ、やってみやしょう」

「はい、お気張りなされ」

喜平はしっかりと目を見て言った。


定吉が帰って行くと、数馬は文箱を閉じながら、思い出し笑いを浮かべた。笑いながら、溜息をついている喜平を見る。

「公事師というのは、皆、こんな相談にも乗るものなのですか」

「いえ」喜平は苦笑する。「まあ、人にもよりますが、金にならない相談は受けないのがふつうですな」

そのどこかあたたかみのある笑みにつられて、数馬はずっと考えていた言葉を、ふともらした。

「わたしでも公事師になれるでしょうか」

喜平は笑みをしまって、口を一文字に閉じた。じっと数馬の目を見ると、太い首の上に乗った頭を傾げて言った。

「数馬様がその道を選ぶと、困るお方がいるのではないですかな」

深く射るような喜平の目に、数馬は息を呑んだ。喜平には何も話していない。話そうとしないことは詮索《せんさく》しない、というのが喜平の質《たち》であることも知っている。その喜平の目が、数馬の頭のまわりをなぞるように見つめた。

「いえ、数馬様のまっすぐな御気性に触れていると、まわりの方々が大切にそれを育《はぐく》んだのであろうと、感じられますのでな。今とて陰ながら、多くの思いに支えられているのではないですかな」

喜平は微笑む。

数馬の脳裏にさまざまな人の顔が浮かび、ぐるぐるとまわっていた。言葉を返そうと心の内を探るが、さまざまな思いが行き交うばかりで、答えが浮かび上がってこない。

確かに……己に期待をしている人たちがいる。その期待を裏切れば、困惑するだろうし、落胆するだろう。だが、その期待と己の意思は一致するのか……。

数馬の顔に苦悶が顕《あらわ》れたのを見て、喜平は黙って立ち上がった。

出て行く音を背中で聞きながら、数馬は天井を見上げた。

二

翌日。

喉の渇きをおぼえた数馬は、台所で白湯《さゆ》をもらい、ゆっくりと渇《かわ》きを癒していた。と、廊下から友吉の声が伝わって来た。

「旦那さん」

喜平の部屋の前で、声をかけている。数馬が廊下に出て行くと、廊下に膝をついた友吉が、そっと襖《ふすま》を開けたところだった。

「畳屋の安芸屋さんが見えました」

「おお、そうか」中から喜平の声が返ってくる。「ではお通ししなさい」

「いえ、それがもうおひと方ごいっしょで、これから安芸屋に御同行願いたい、とおっしゃっているんです」

「ほ、う」

喜平の姿が廊下に現れ、玄関へと向かった。

畳屋の安芸屋と聞いて、数馬も思わずそのあとに続く。棟上げ祝いでの悶着が思い出されたためだ。

土間には安芸屋の主半次郎が立ち、その横には見知らぬ男の姿があった。

出て来た喜平と数馬の姿を見て、半次郎は頭を下げた。

「どうも、一昨日《おとつい》はけっこうな物を頂戴いたしまして、まことにありがとうございました」

喜平は正座をして、二人を見上げる。

「いえいえ、つまらない物で。なにやら、梁が折れたそうで、災難でしたな」

「はい」半次郎はばつの悪そうな面持ちで、傍らの男に顔を向けた。「それで、こちらは材木問屋の御主人でして、その……うちの大工はこちらから材木を買ったそうなんで……」

男はおじぎをして、喜平に目を合わせる。

「深川《ふかがわ》の材木問屋勝木屋の主、富右衛門《とみえもん》と申します」

　その言葉に、後ろで立ったままようすを見ていた数馬は、目を見開いた。大工の虎市の言葉から、強欲そうな顔を想像していたのだが、その姿はまったくちがう。目は穏やかで、口元の微笑みも板についている。四十くらいに見えるが、物腰はひどく落ち着いており、声もやわらかだ。

「実は昨日、わたしが留守のあいだに、大工の虎市さんが来て、えらい剣幕《けんまく》で店先で怒鳴っていったそうなのです。で、わたしが先ほど、安芸屋さんに梁を見に行ったんですが、どうも、この二日のうちに、わたしどもの悪い評判が広まっているようで、驚きまして……これから虎市さんが安芸屋さんに来るそうなので、これはひとつ公事師の方に立ち会ってもらうのがいいだろうと考えた次第です。それを申したところ、安芸屋さんがこちらを紹介してくださったもので、こうしてお伺いしたわけなのですが、いかがでしょう」

　喜平は頷くと、すっと立ち上がった。

「わかりました、参りましょう。安芸屋さんとは古いつきあいですからな。今、支度をして参りますので、少々お待ちを」

　そう言って身を翻《ひるがえ》すと、数馬に目配せをした。数馬は頷いて、刀を取りに部屋へと戻る。

脇に二本の刀を差して玄関に戻ると、喜平も羽織を着て、戻って来ていた。

四人が玄関から外に出ると、待っていたらしい十二くらいの丁稚《でっち》が、富右衛門の後ろに随《したが》った。

公事宿が並ぶ馬喰《ばくろ》町《ちょう》から、内神田はほど近い。

安芸屋に着くと、その前には腕組みをした虎市の姿があった。四人の姿を見ると、虎市はきっと目を据えて、富右衛門に向かってつかつかと寄ってきた。

「なんでい、大仰《おおぎょう》だな」

喜平と数馬の姿を舐めまわすように見ると、虎市はふんと鼻を鳴らして、頭上の梁を顎でしゃくった。

「まあ、いいさ。とにかくこの梁を見ねえ。こんな腐った木を売るたぁ、勝木屋も落ちたもんだぜ」

大きな声に、行き交う人が足を止め、ようすをうかがう。それを横目で見ながら、虎市はさらに声を高める。

「いったいぜんたい、どうしてくれるんでぃ。柱まで傾いちまったじゃねえか。これで御公儀御用とは笑わせくれるぜ、勝木屋さんよ」

周囲の人々が物見高そうな面持ちで寄ってくる。そこからささやきも湧いてきた。

「ほら、梁が折れたって話だよ、勝木屋ってぇのか」

「へえ、御公儀御用の問屋だったのかい」

「おちおち家も建てられねえな」

「心配すんな、おめえにゃどのみち縁はねえ」

人のざわめきを背に、富右衛門は木組みの家の中に足を踏み入れた。虎市や喜平らもそれに続き、一行は内側から木組みを見上げた。

皆が中に入ってしまうと、道にいた野次馬達は散りはじめた。へえ……と、数馬はそれを見て、胸の内でつぶやく。こんな枠だけの家でも、外から見れば、家の中になるのだな、覗いてはいけないと思うのかもしれない……そう考えると、確かに道端よりは落ち着きを感じられた。

「梯子《はしご》はありますか」

富右衛門の声が上がった。おう、と虎市が脇を顎で差し示す。梯子に向かおうとする富右衛門に、丁稚が追いすがって、前へとまわった。

「旦那さん、危ないからおやめください。あんな木組みの上を歩いて、落ちたらどうなさいます」

「ええ、ええ、そうですとも」安芸屋の半次郎もうろたえる。「あんなところ、大工や鳶《とび》じゃなければ無理ですよ」

富右衛門は梁を見て、眉を寄せる。

「しかし、本当に腐っているのかどうか、確かめなければ話が進みません」

「では、おいらが見てきます」

丁稚が梯子に手をかける。言いながら、すでに足はすたすたと上りはじめていた。ひょいと二階の木組みに乗ると、よろよろとしながらも、梁へ近づいていく。皆が見上げるなか、丁稚は梁の真下に立った。頭上の梁をまじまじと見ると、丁稚は顔をしかめて、主を見下ろした。

「腐って黴がついてます」

「そうか、気をつけて下《お》りてきなさい」

富右衛門の言葉に、丁稚はまたよろよろとしながら戻りはじめる。富右衛門はふうと息を落として、虎市を見た。

「あの梁を外してもらえまいか。持って帰って調べてみましょう」

「冗談じゃねえっ」虎市が声を荒らげる。「持って帰ってほかの木とすり替えようってえ魂胆だろう。そうはさせねえぜ。あれは証《あかし》だ。話がつくまで、このまま動かさないのが筋ってもんだ」

富右衛門が困った顔で喜平を見る。喜平は小さく頷いた。

「まあ確かに、話し合いが終わるまでは、このまま置くほうがいいでしょう」

ふん、と虎市は鼻を鳴らすと、腕をまくり上げて富右衛門に一歩、寄った。

「あくまでも非を認めねえつもりなら、こちとら、公事にかけてもいいんだぜ」

富右衛門も一歩、進むと、虎市を見つめ返す。

「非があるのかないのか、まずそれを確かめることが肝要です。戻って帳簿を調べてみましょう。あれは杉材ですね」

「おう、そのとおりよ。そっちでたいそうな値段をつけてた杉材さ」

「わかりました。うちの者達にも訊いてみましょう」

富右衛門は下がると、喜平らに頷いた。畳屋の半次郎はおろおろとしながら、木組みを見上げる。

「早く話をつけてくださいよ。ぐずぐずしてると、できあがる前に梅雨になってしまう。頼みますよ」

富右衛門は頷くと、木組みを跨いで、道へと出た。喜平らもそのあとに続く。

「さて」そうつぶやくと、富右衛門は懐手《ふところで》をして梁を見上げ、その目の先をそっと虎市に向けて、眉をひそめた。喜平がそのようすを見ていることに気がつくと、富右衛門は面持ちを穏やかにして、向き合った。

「今日は、突然の申し出にありがとうございました。また改めてお伺いしますので」

「はい」と喜平も腰を曲げる。

歩き出した数馬は、木組みの内側で腕組みをしている虎市に目を向けた。その顔が笑いで歪んだように見えて、数馬は二度、振り返った。


暁屋に戻ると、お十三《とみ》が数馬を待ち構えていた。お十三もまた喜平の養女であり、友吉の義姉になる。

「数馬様、お出かけのあいだにお客様がお見えになられましたよ」

「客、とは……」

「田崎新一郎《たざきしんいちろう》様とおっしゃられるお武家様です。お留守だと言うと、またあとで参る、とおっしゃってどこかに行かれましたけど」

新一郎殿……数馬は唾を飲み込みながら、お十三に礼を言って階段を上がった。

田崎新一郎は国元で暮らす従兄《いとこ》だ。父親の田崎新右衛門《しんえもん》は、数馬にとって伯父《おじ》に当たる。田崎家の長男が新右衛門であり、次男の行直《ゆきなお》が数馬の父だ。次男の行直は山名《やまな》家に養子に入り、妻妙《たえ》と一子総次郎《そうじろう》を育て上げた。山名総次郎、それが数馬のもともとの名であった。

だが、総次郎は山名家の実子ではなかった。養子だ、と聞かされたのは、一年あまり前のことだった。

一年と少し前。

故郷の秋川《あきかわ》藩で、平穏に暮らしていた日々。その平穏が突然、壊れたのは、春の香りが漂いはじめた頃だった。道場で師範代として稽古をしていた午後。従兄の新一郎が、青冷めた顔で迎えにやって来た。

父行直がお役金横領の罪で、切腹を命じられたというのだ。急ぎ、田崎家に行くと、そこで聞かされたのは、意外な事実だった。総次郎は山名の実の子ではないという。そして、真の狙いは総次郎の命だという。

それ以上は明かされないまま、江戸へ逃げることを指示され、手形が渡された。そこには矢野数馬という名が記されていた。新一郎の母は矢野家の娘であり、そこには数馬という息子がいる。その名を借りたのだ。

矢野数馬となり、藩を出ることにはなったが、その前にことの真相を知りたい。山名家に行って、母から問い質《ただ》そうと、夜の道を走った。

母妙は凛《りん》として「すべて覚悟をしていたこと」と、語る。そこに追って来た刺客が襲いかかり、息子をかばった母は無残にも斬られた。その刺客を討ち、数馬はことの深刻さを感じ取って、夜の道を走った。藩を出て、江戸へと逃げ延びたのだ。

江戸に着いた数馬は、たまたま逗留した公事宿暁屋に暮らすこととなった。仕事もこなすようになり、暁屋の一員となっていった。

だが、己にまつわる謎はそのままだった。なぜ、父に濡れ衣が着せられたのか、自分の命が狙われ、母が斬られなければならなかったのか。

真相を知りたい気持ちから、秋川藩の下屋敷に近づいた。そこでは病で隠居した大殿様が暮らしていた。脳卒中で倒れたため、嫡男に藩主の座を譲り、病からの回復に努《つと》めながら、過ごしていたのだ。

偶然のできごとから、大殿様の世話をする井上武部《いのうえたけべ》と七重《ななえ》と親しくなり、数馬は下屋敷に出入りするようになる。

藩のなかには、内紛があることを、数馬は知った。跡を継いだ若殿様は、気性が荒く粗暴で、まわりが手を焼いているという。いつか藩のお取り潰しになるようなことをしでかすのではないかと、国家老とその一派は懸念していたのだ。

さらに、それと対立する江戸家老は若殿様に自らの娘を娶《めあわ》せ、権力を強めていた。江戸家老も気が荒く、傍若無人《ぼうじゃくぶじん》な人柄であった。恣《ほしいまま》に振る舞い、逼迫《ひっぱく》する藩の財政をよそに、遊興に大金を浪費する。そして、それに従って汁を吸う者達は、反国家老の一派として動いているという。山名家を潰し、数馬を亡き者にしようとする者らも、その一味であった。

そうした対立の裏に、実は秘密の火種が隠されていた。大殿様の隠し子だ。昔、国元で寵愛を受けた奥女中が、懐妊して、密かに城を離れて男子を産んでいた。その事実は一部の者しか知らされずに、子は養子に出された。その先が山名家だった。子は山名総次郎として育てられたのだ。

粗暴な若殿様に比して、山名総次郎は穏やかで剣にもすぐれた青年として育っていた。そこに目をつけたのが、藩の先行きを憂う国家老の一派だった。大殿様の息子として世に顕《あらわ》し、しかるべきに地位につけよう、と言う声が上がったのだ。なかにはいっそ若殿様を排して、かわりに藩主につけるべし、と言い出す者まであった。

それらのことを、数馬は下屋敷で知った。

行方知れずになった数馬の身を案じて、国からやって来た大目付《おおめつけ》が、下屋敷で数馬と出会ったためだ。本当の矢野数馬の父である矢野誠士郎《せいしろう》もともに来ており、対面することになった。

二人と井上武部から、初めて真相を聞かされ、数馬は驚きに揺れた。

実の母千代《ちよ》は、井上武部の妹であったという。産後まもなく逝去《せいきょ》したため、子は井上家からすぐに山名家にもらわれ、千代丸《ちよまる》と名付けられて育てられた。実はその名は大殿様がつけたものであり、幼い頃にはお忍びでいくどか会いに行ったともいう。

確かに、大きな手に抱き上げられた記憶は、数馬のなかにも残されていた。しかし、実の親と言われても実感は湧かない。

大目付は、息子としてしかるべき地位に就け、と数馬に言うが、それはきっぱりと拒絶する。対立によって、山名の両親を失い、己もまた追われる身となったことは許しがたい。人の思惑で振りまわされることに、怒りを感じるばかりだったためだ。

しかし、断ち切ることができないものもあった。七重への思いだ。七重は実は敵《かたき》でもある江戸家老の娘であった。それを知り、芽生えていた恋心を消そうとするが、簡単にはいかない。ことの真相を知らない七重は、数馬に慕う心を告げる。

七重に真相を隠したまま、数馬はまた下屋敷に出入りするようになっていた。

新一郎殿がわざわざ江戸に来るとは、なにか悪いことがあったのだろうか……そう思いを巡らせながら、数馬は二階の自室で畳の目を見つめていた。国での最後の夜、味わった怒りや怖れ、不安や動揺などが思い起こされてくる。初めて人を斬った感触も手に甦《よみがえ》る。なにかよくないことが起きたのか……そう考えると、喉がしめつけられるように苦しくなった。

「数馬様」廊下からお十三の声が上がった。「お客様ですよ」

数馬は跳《と》び上がるようにして立ち、襖を開けた。

「新一郎殿」

「そうじろ……いや、数馬……」

新一郎は目を見開いて、数馬の上から下までを見た。数馬は思わず、その腕をつかみ、新一郎はそこに手を重ねる。幼い頃は兄弟のように遊んだ仲だ。

互いに、ただ頷き合った。

胡座《あぐら》をかいて向かい合うと、新一郎は数馬の目を見据えた。

「元気そうで安心したぞ。矢野の叔父上から、江戸でそなたと会ったと聞いて、とりあえずはほっとしたのだが、そのあとのようすがわからなかったのでな、皆、気を揉んでおったのだ」

「新一郎殿はいつ、江戸に来られたのですか」

「十日ほど前だ。剣術の修業という名目でな」

「わたしがここにいると、どうして知ったのです」

「ああ、井上武部様が国の大目付様に、書状で知らせたのだ。ときどき、そなたのことを知らせてくださっているらしい。で、大目付様から父に、お達しが来たのだ。使いを出せ、とな」

数馬は唾を飲み込む。

「なにか、あったのでしょうか」

「ああ、実は……」新一郎の声が重くなる。「知らせておきたいことができたのだ。国でな、大殿様に隠し子がいた、という噂が広まっているのだ」

数馬は喉をぐっと鳴らした。新一郎は眉を寄せる。

「年が開けてから噂が出はじめてな、今では国中に広まっている。そなたを公《おおやけ》にしようと、意見がまとまったらしい。これは父上に聞いたことだが、城中でも若殿様に対する懸念が増しているそうなのだ」

「懸念、とは」

「うむ、若殿様は江戸で生まれ育ったために、国元に入った当初、田舎ぶりを嘆いておられたのは知っておるであろう」

「はい、皆が密かに話しておりましたから」

「それが、去年の夏頃に変わられてな、むしろその田舎を楽しもうと、狩りをされるようになったのだ。山に入って鹿や猪を追うものだから、追われた獣が里の畑に逃げてくることもあって、百姓は困り果てている。おまけに……」

新一郎が肩を落とすのを、数馬は息を呑んで見つめた。

「おまけにな、去年の暮れに、国の御側室がお子をお産みになられたのだが、それが姫君であられた。したら、若殿様は不機嫌になられて、お子に会いに行かれたのは、ひと月も過ぎた頃だったというのだ。しかも、お抱きにはなられなかったらしい」

「なんと、情《じょう》のない」

眉を寄せる数馬に、新一郎は頷く。

「そうしたお振る舞いを見て、若殿様への懸念が強まったのだ。そして、国家老の佐《さ》竹《たけ》様のお考えに気持ちを寄せるお人が増えた。わたしの家や矢野の家に近づく者も出て来てな、反江戸家老の気運が高まっているのを感じている。そうした動向を踏まえて、国家老様一派はそなたの公表に向けて、根回しをはじめたのだ」

数馬は言葉を探すが、見つからない。新一郎はふとその眉を曇らせた。

「しかし、だ。そうなれば、江戸家老一派も黙っていない。こちらの動きを察して、封じようとやっきになっているはずだ。それゆえ……そなたの身の危険も高まった、ということだ」

「そのようなことが……」

「いっそ、そなたを国に呼び戻してはどうか、という意見もある。江戸におるよりは安全であろうからな。まあ、まだ結論は出ていないのだが、とにかく、自重して警戒を怠るな、というのが国元からの言伝《ことづて》だ」

数馬は手を震わせた。わたしの気持ちはどうでもよいのか……そう、言葉が浮かんでくるが、喉から上にいかない。

新一郎はゆっくりと腰を上げた。

「まあ、まだここにいることは知られていないはずだが、油断はせぬように気を引き締めることだ」

「理不尽です」

立ち上がった新一郎を見上げて、数馬がきっぱりと言った。

「こちらの与《あずか》り知らぬところで勝手に動き、あげくに油断するなとは、あまりにも手前勝手。そのように筋を違《たが》えた意向には従えぬ、とお伝えください」

新一郎は目を瞠《みは》った。毅然とした数馬の顔を見ろしたまま、呆然としている。数馬は慌てて立ち上がると、新一郎と向かい合った。

「いえ、すみません。新一郎殿に腹を立てているわけではありません。当のわたしが埒外《らちがい》に置かれていることが、どうにも釈然としないのです。早くにわかっていれば、父上や……いえ、母上だけでもお守りすることができたやもしれぬ、と思うと、腹が立ってしかたがないのです」

目をきっと据えた数馬の面持ちに、新一郎は神妙に頷く。

「あい、わかった。そなたの思いを、皆様方に伝えておく」

新一郎は腰を曲げて、数馬に深々と頭を下げた。年上の従兄の、それは初めての儀礼だった。戸惑う数馬に背を向けて、新一郎は静かに出て行った。

三

「ごめんください」

勝木屋の主富右衛門が暁屋にやって来た。

数馬や友吉も呼ばれて、喜平とともに富右衛門と向かい合った。

「公事をしたいんです」富右衛門が言う。「虎市さんが訴える前に、こちらから訴え出ます。世間の目は、訴えられたと聞いただけで、非があると見なしますから、そうなる前に、先手を打ちたいのです」

「確かに、そうですな」喜平が頷く。「真実はどうであれ、世間の目や口は噂や憶測で、持ち上げたり落としたりするものです。先に怒ったほうが勝ち、という風潮もありますからな」

「はい。そのようなことでお店の名に傷をつけるわけにはいきません。そもそも、手前どもは、虎市さんの言い分に納得していないのです。うちが納めた物とは別の材木が使われているのではないか、と考えておりますので、お奉行所の吟味によってそれを明らかにしたいのです。そして今後、悪評を広めないように、お奉行様から虎市さんにお叱りをお願いしたいのです。虎市さんは言いがかりをつけている、としか思えませんので」

「言いがかり、ですか」喜平は顔をしかめる。「強請《ゆすり》、たかりのようなもの、ということでしょうか」

「いえ……実は……」

富右衛門は少し言いよどみながら、思い切ったようにその口を開いた。

「虎市さんの後ろに別の者がいるのではないか、と思えるのです。材木問屋のなかには手前どもを目の敵《かたき》にしているお店もあるものですから」

「ほう、心当たりがおありなのですな」

「ええ。わたしは三代目になるのですが、初代の頃から、同じ材木問屋の尾張屋《おわりや》と木《き》立屋《だちや》が手前どもを商売敵と見なして、いろいろないやがらせをしてきた、と父から聞いております」

「なるほど。では、このたびのこともそのどちらかが関わっているのではないか、とお考えなのですな」

「はい。それも含めて、公事で明らかにしたいのです」

富右衛門の真摯《しんし》な声に、喜平は頷いた。

「わかりました。では、目安を出すとともに、そちらも調べましょう。虎市さんも探らなければなりませんな」

喜平は、少し下がって座っている数馬を見た。文机に向かい、数馬は富右衛門の挙げた名などを書き留めている。

喜平はそれに頷きながら、また富右衛門に向いた。

「虎市さんはずいぶんと若いお人ですが、以前から勝木屋さんとおつきあいがあるのですかな」

「いえ。このたびの安芸屋さんの工事で、初めてうちに来たのです。これまでは棟梁の久助《きゆうすけ》さんが材木の買い付けに来ていましたから。ですが、久助さんは腰を痛めてしまったそうで、あの虎市さんに棟梁の代わりを務めさせることになったのです。若いけれど、仕事はできるから、と久助さんから口添えがありました」

「なるほど。では、虎市さんの住まいは御存じですかな。訴え出るには、相手の居所も記さなければなりませんので」

「あ……いえ、それはわかりません」

「では、棟梁の久助さんの住まいは御存じですかな」

はい、と富右衛門は内神田大工町《うちかんだだいくちよう》の居所を告げる。

「あ、では」数馬が筆を動かしながら顔を上げた。「わたしが明日、行って虎市さんの居所を聞き出してきましょう」

「そうですな、お願いします」喜平は言葉を続ける。「それと、尾張屋と木立屋というのは、どちらにありますか」

「元木場《もときば》です。わたしどもの近くです」

「元木場、ですね」

数馬が書き留める。

もともと木場は、深川の大川沿いの地に造られた。大川からじかに流れ込む河や堀を開き、貯木池《ちょぼくち》を造ったのがはじまりだ。やがてその周辺に材木問屋が集まり、木場となったのだが、江戸の発展とともにより広い土地が必要となった。

そのため、大川から離れ、深川の内陸へと移っていた。しかし、材木問屋は最初の木場周辺にとどまり、元木場と呼ばれていた。

喜平は頷く。

「では、そちらの材木問屋も密かに調べることにしましょう。ただ、安芸屋さんは工事を早く終わらせてほしい、とお言いでしたから、公事もできるだけ早く終わるようにします。とりあえず、虎市さんの居所がわかったら目安を出します。それでよろしいですかな」

「はい」

富右衛門はすがるように頷いた。

陽が頭上に昇っていた。

その日射しを浴びながら、数馬は重く感じる足を内神田に向けて歩いていた。

足が重いのは、眠りが浅かったせいにちがいない、と胸の奥で腑に落ちていた。新一郎の来訪以来、気持ちがざわついて眠りが浅くなっている。

いや、気持ちを切り替えろ……そう己に言い聞かせて、数馬は腹に力をこめた。

内神田の大工町に足を踏み入れる。大工が多く住むから大工町、と呼ばれる地だが、町にはその姿はない。皆、仕事に出ているのだろう。

「棟梁の久助さんかい、それならこっちだよ」

子供に尋ねると、指を上げて走って行く。ついていくと、こぢんまりとした二階家に着いた。

「ここだよ、お侍さん」

「ああ、ありがとう」

小さいながらもいかにもしっかりとした造りのその家を見上げて、数馬は戸に向かって声を出した。

「ごめん」

はい、と中から女の声がして、戸が開く。

「久助さんはおられますか」

そう問う数馬を見上げて、内儀らしい女は「はいな」と頷き、身体を端に寄せて中に入れと示した。

「うちの人は腰をやっちまって起きられないんですよ。どうぞ、奥へ入っておくんなさいましな」

内儀に案内されるまま、数馬は奥へと上がった。

「なんでえ」

そこには布団の上にうつぶせになった男が頭だけを上げていた。

数馬は穏やかに微笑んだ。公事のことは伏せておこう、という腹づもりだった。嘘ではない、ちょっと方便《ほうべん》を使うのだ、と己に納得させる。

「療養中にすみません、わたしは公事宿暁屋の者で矢野数馬といいます」

「公事宿たぁ、どういうこってすか」

はい、と数馬は布団の横に座りながら、微笑を保つ。

「実は安芸屋さんの工事の件なんですが、虎市さんからお聞きになってますか」

「ああ、それですか、聞いてやすよ」

久助は身体の左側を少しだけ上げて、数馬に頷いた。

「勝木屋さんとは長いつきあいだが、腐った木をまわすとは驚いたもんだ。いつもあっしが買いに行くんで、旦那さんや番頭が出てくるんだが、若え《わけ》虎市が行ったもんだから、おおかた手代になめられたんでしょうよ。まあ、手代の目が利かなかっただけかもしれませんがね」

「なるほど。ですが、虎市さんは、勝木屋さんがわざと腐った木を売ったと考えているようなのです」

「へっ、そうですかい。あっしにはそこまでは言ってませんでしたがね……いや、そいじゃあ、買いに行った時に、小馬鹿にされたかなんか、あったのかもしれねえな。それで腹を立ててるにちげえねえ」

「なるほど」数馬は神妙に頷く。「では、なにか行きちがいがあったのかもしれませんね。ですが、こじれているのは確かなので、勝木屋さんが困っているのです。それであいだに入って話をつけてほしい、と話が来たのです。虎市さんと話をしたいのですが、住まいを教えてください」

「いや、それには及びませんや。あっしが言って聞かせます」

久助はうつぶせの身をそらして胸を張る。数馬は困惑を見せないように、また微笑んだ。さて、どうするか……と胸の内で算段する。

「虎市さんは棟梁の一番弟子なのですか」

数馬の問いに、久助はにっと歯を見せた。

「へい、ゆくゆくは娘婿にして跡を継がせようと考《かんげ》えておりやす。虎市は親父さんがやっぱり大工だったっつうことで、六つの年に金槌《かなづち》を持ち、八つでノコ、十で鉋《かんな》を教えられたというやつなんでさ。腕は申し分ねえし、木を見分けるのは誰よりも勝っている。目と鼻で、松、杉、檜《ひのき》や楢《なら》と、すぐに見分けるんでさ。木目の読み方もまちがいはねえし、あの若さですが、うちで一番の大工なんで」

「へえ、すごいですね」

数馬が目を見開いてみせると、久助はへい、とさらに笑顔を開いた。

「ごめんなさいまし」

廊下から声が上がった。

開けたままだった襖の陰から、娘が茶碗の載った盆を持って入って来る。

「どうぞ、粗茶ですが」

数馬の前に茶碗が置かれ、湯気が立ち上る。久助には、腹ばいのまま飲める片口が渡された。

うつむき加減のままおじぎをして、娘は出て行く。久助はそれを見送って、笑いを少し歪めた。

「末娘でお梅《うめ》ってんでさ。二年ほど前に嫁いだんですが、まあ、あっちの家にいろいろあって、出戻って来ましてね。ですが、これも縁でしょう、ちょうど虎市が来たから、夫婦にしようと思ってるんでさ。お梅は二十歳、虎市は二十四だから、いい取り合わせってもんだ」

「へえ、それはおめでたいことですね。虎市さんは運がいいんでしょうね」

「ええ、親が言うのもなんだが、お梅はけっこうかわいい顔をしてますんでね、婿になれと言ったら、虎市も喜んでくれやしたよ。まあ、あいつはちと気が荒いのが玉に瑕だが、棟梁になるにはそれくらいのほうがいいんでさ」

なるほど、とつぶやきながら、数馬は背筋を伸ばした。

「さきざき棟梁になるのなら、やはり勝木屋さんときちんと折り合っておいたほうがいいでしょうね。主の富右衛門さんからも言伝《ことづて》を頼まれていますから、やはり虎市さんに会って話をしてみます。住まいはどこですか」

久助は茶を喉に流し込みながら考え込む。

「へえ、それもそうですね。じゃ、お願《ねげ》えしやす。虎市は道の向こうの五郎兵衛《ごろべえ》長屋に住んでやすんで」

「五郎兵衛長屋ですね。あの、虎市さんは生まれもその長屋ですか」

「生まれ、ですかい。いいや、内藤新宿《ないとうしんじゆく》と聞いてやすよ。身元の請け人もあっちのお人だったから、確かでしょう」

「そうですか、わかりました。では、長屋のほうに……今日は仕事でしょうから、日を改めて行ってみます」

「へい。工事が遅れると安芸屋さんにも申し訳が立たねえんで、お願え致しやす」

久助はよっこいしょと言いながら上体を起こし、頭を下げた。

数馬も茶を飲み干して、腰を上げた。


外に出ると、あたたかな風が頰を撫でて舞い上がった。

ついでに五郎兵衛長屋を見つけておこう、と数馬は歩き出す。

道の向こう、と教えられたものの、向こうといっても広い。道で遊ぶ子供達を見つけ、数馬は五郎兵衛長屋の場所を尋ねた。

「あっちだよ」

子供達は指を差して、わいわいと走り出す。

「五郎兵衛長屋だけど、菜っ葉長屋っていうんだ」

「菜っ葉が植わってるからだよ」

長屋には家主の名がつけられることが多いが、通称で呼ばれることもまた多い。

路地を入ると、すぐに長屋がみつかった。子供達が遊び、井戸端でおかみさん達が笑い合っている。

「虎市さんって知ってるかい」

数馬は腰をかがめて子供達に聞いた。

「知ってるよ」

「一昨年《おととし》、引っ越して来たんだ」

「ちがうよ、三年前だよ。虎市兄《あん》ちゃんのうちはこっちだよ」

子供らは一軒の戸の前で立ち止まった。変哲のない戸だが、木は新しい。自分で作り替えたのだろう。

「虎市さん、怖い人かな」

数馬は安芸屋での姿を思い出しながら、問いかけた。大声で勝木屋を罵《ののし》っていた姿は、いかにも気が荒そうだった。

「怒ると怖いよ。足にぶつかって怒られた」

子供が口を尖らせて言う。

「棚や戸を直してくれるけど、ただじゃやらないんだ」

「うん。仕事場で出た余り木なのに金を取るんだ」

「でも、いっぱし、腕はいいんだ」

おそらく、大人の言葉をそのまま口移しにしているのだろう。子供達は得意気に答える。

数馬は周囲を見まわした。

あちらこちらの戸や窓枠などが、直したらしくきれいになっている。

子供達はもう飽きたらしく、ほかの子らのところに走って行った。

三年前か、虎市さんは二十四歳と言っていたから、二十一の頃だな……数馬は思い巡らせながら、家の庇《ひさし》を見上げた。

「いぇーっ」

背後から、声が上がった。

剣が空を切る音が鳴る。

なにやつ……振り向きざまに、数馬は刀に手をかけ、半身《はんみ》を抜いた。

子供達がいた。

木刀や木の枝を持つ手を止め、こちらを見ている。数馬の動きに、驚いたのだ。呆然として、鞘から出た白刃の輝きを見つめている。

「なんだい」

「どうしたんだい」

おかみさん達が走って来る。

それぞれが子供を抱き寄せると、数馬を睨みつけた。

「あ、いえ……」

慌てて白刃を鞘に収め、数馬は落としていた腰を伸ばして、身をまっすぐに立てた。

「すみません、ちょっと驚いたもので……」

おかみさん達は子供達を抱いて後ろに下がる。いかにも怪しい男を警戒する目で、数馬を睨み続ける。

「お侍、こえー」

つぶやく子供に、母が小声で叱る。

「ばかっ、かまうんじゃないよ」

数馬は赤面しそうな顔を伏して、ごめん、と頭を下げた。後ずさりをして、身を翻《ひるがえ》す。そのまま走り出すと、長屋を離れて表へと出た。

早足のまま道を進みながら、数馬は頭を振った。

なにを張り詰めているのだ、情けない……そう己に言い聞かせながら、頭の中に蠢《うごめ》く言葉に思い当たる。

「そなたの身の危険も高まった、ということだ」

そう言った新一郎の言葉が、気づかぬうちに心に刻み込まれていたにちがいない。

小心者め……そう自嘲しながら、数馬は大きな溜息をついた。

四

喜平の部屋で数馬は文机に向かっていた。筆を滑らせる数馬の手を、友吉も見つめている。勝木屋の公事の目安だ。

喜平の言うとおりに書き終わり、数馬が筆を置くと、友吉が覗き込んだ。

「友吉」喜平が言う。「これを勝木屋さんに見せて、あちらの名主さんの署名ももらって来ておくれ。明日にでも奉行所に出そう」

「はい」

友吉は墨の乾きを確かめつつ、頷く。喜平は腰を上げながら、数馬に微笑む。

「数馬様は御苦労様でした。今日はもうよいですよ」

「はい」

数馬も立ち上がった。

喜平の部屋からそのまま玄関を出ると、数馬は両国橋のほうへと歩き出した。

馬喰町から両国橋はすぐ近くだ。橋詰めは火除けのための広小路になっており、さまざまな人が集まっている。三味線を弾く者、力石を持ち上げて力自慢をする者など、芸人のような見せ物をしている者も多い。茶店や物売りなども出て、人の声もにぎやかだ。

数馬は橋を渡り、そのまま回向院《えこういん》の山門をくぐった。

かつて明暦《めいれき》の大火の折り、江戸中に累々と重なる遺体を見た公儀の重臣保科正之《ほしなまさゆき》が、供養を思い立って言上《ごんじょう》し、建立《こんりゅう》に至った寺だ。それ以降、人に限らずすべての生き物までをも供養する寺院として、参詣人を集めている。

数馬は本尊の阿弥陀如来《あみだにょらい》像を見上げた。本堂を背にし、空の下に座っている濡仏《ぬれぼとけ》だ。蓮華《れんげ》の台座に座り、うっすらと開いた目で、手を合わせる人々を見下ろしている。

多くの人々に混じって、数馬も手を合わせた。自分を育ててくれた山名家の父と母の供養のためだ。

漂う香《こう》の香りを鼻腔に感じながら、数馬は目を閉じる。その瞼の暗闇に、山名総次郎として生きていた頃の、父母の姿や声が甦った。

「そら、瓜《うり》をもらってきたぞ。井戸で冷やして食べよう」

父の笑顔に母が戸惑う。

「まあ、あまり冷やすとまたお腹を壊しますから、ほどほどにしてくださいませ」

「そう心配するな、男子《おのこ》なのだぞ」

父はなんでも与えてくれた。

「総次郎、筆を買ってきたぞ。なんでも近頃は江戸でも筆を作っていて、これがすこぶる評判がいいそうだ。使ってみるがよい。書は武士のたしなみ、いや人品を表すものだからな」

母もまた、手間を惜しまなかった。

「書をたくさんお読みなさい。和歌も詠めるようにならなければいけませんよ。武士といえども、剣術に長けるだけでは粗野になります。文武両道が大切。それでこそ武士の品格を保てるのですよ」

父母は藩主の隠し子と知った上で育てたのだと、それは江戸に来てから知ったことだった。山名家は江戸家老と対立する国家老の配下だ。新一郎の家であり、父行直の実家でもある田崎家も、親戚の矢野家も同様であり、皆が隠し子の出自を知っていたという。ただ、当人だけが知らなかったのだ。

数馬はそのことを思い巡らせ、さらにきつく瞼を閉じる。

振り返ってみれば、父も母もことさら大切に育ててくれたのだと思い当たる。それは二人の情の深さもさることながら、出自のせいもあったにちがいない。そのことを知って、裏切られたような思いに駆られた時もあったが今は、期待されていたのだ、と納得できる。立派な男に育て上げ、胸を張りたかったのだろう。

数馬は目を見開いて阿弥陀如来を見上げた。胸の底から熱い記憶が上がってくる。息子を守ろうと、刺客の前に身を投げ出し、血に染まった母の姿……。

父と母はあっけなく殺された。ためらうこともなく命を奪ったのだ、江戸家老望月《もちづき》主膳《しゅぜん》が……己の欲のために……。眼《まなこ》までが熱くなるのを感じながら、数馬は阿弥陀如来を見つめる。そのかすかに開いた目は、哀れむような静寂を保っている。

数馬は立ち上がった。

人の群れから離れて、阿弥陀如来の上の空を見上げる。

父上と母上は怒るだろうか……その敵《かたき》の娘を好いていることを知ったら……。数馬は自問しながら、眉を寄せた。

七重の顔が胸の奥で揺れる。

半月ほど前に、下屋敷で会ったのが最後だ。まもなく産まれそうだという仔猫のことを話し、見に来るようにと、七重は数馬を誘った。

「ひと月のあと、必ずまたお越しくださいね」

そう言った七重に、行く、という返事もした。

しかし……と、心が迷う。

隠し子の噂は七重殿の耳にも入っているのだろうか。いや、そもそもどのような状況になっているのかもわからない。敵地になっているかもしれない下屋敷に、のこのこと行くことは愚行ではないのか……。

堂々巡りをする考えをもてあまして、数馬は大きな溜息を落とした。

空を背負った阿弥陀如来は、黙って人々を見下ろしていた。

第二章　布石

一

暁屋の玄関で数馬が待っていると、奥から待ち人が現れた。

「お待たせしました」

飯炊きの伊助《いすけ》だ。

喜平から借りたらしい着物と羽織が板について、ふだん暗い台所で火吹き竹を吹いている男には見えない。ひとかどの主《あるじ》のようだ。

見事に姿を変えるものだ……そう感心しながら、数馬は目を瞠《みは》った。

連れだって外へと出ると、二人は両国橋《りょうごくばし》へと足を向けた。本所《ほんじょ》両国に渡り、そこから深川へと下《くだ》ることになっている。

その役目を申しつかったのは、昨晩のことだった。喜平の部屋に呼ばれて行くと、そこには友吉と左内、そして伊助がいた。

「今日、勝木屋さんの目安を出してきました。主の富右衛門さんが言うように、虎市さんに裏があるのかどうか、調べなければなりません。数馬様は安芸屋さんの立ち会いで顔を合わせていますから、左内様に虎市さんを探っていただきたいのです。棟上げで顔を見たから、ちょうどよいでしょう」

「おう、おぼえているから大丈夫だ。あっちはこちらの顔を見てはいまいしな」

「はい、ではお願い致します。では、材木問屋の尾張屋さんと木立屋さんのほうは、数馬様と伊助で探ってください。どちらかが虎市さんとつながっていないか、それだけでけっこうです」

「はい」

数馬と伊助の返事が重なった。

「では、明日、中食《ちゅうじき》がすんだら出ることに致しやしょう。あっしは材木屋にでもなりすまします」

伊助が数馬に、にやりと笑ってみせたのだった。

両国橋を渡りながら、数馬は改めて並んで歩く伊助の姿を見た。確かに、材木屋の主に見える。

さすが元忍びだな……そう胸中でつぶやきながら、数馬はひそめた声でそっと伊助に問いかけた。

「伊助さんは信州戸隠《しんしゅうとがくし》の出なのですよね。戸隠忍法というのは、わたしも聞いたことがあります。代々、忍びの家なのですか」

「へい。村にはその筋が多いんですよ」

「へえ。では、そこで生まれた人は皆、忍びになるのですか」

「まあ、向かない者もおりますからね、そういう者は百姓になったり、いろいろです。けど、その家で生まれた者は、まずはその道を行くんです。人は生まれは選べませんからね。それぁお侍も同じでやしょう」

「はあ、確かにそうですね」

「生まれってえのは、一等大きな業《ごう》なんだと思いますよ」

「業……」

「ええ、てめえじゃどうしようもならないものが、誰にでもいくつかあるもんです。生まれ、姿、おつむの出来……そういうものは、なかなか変えようがねえ。それが業なんだと、あっしは思いますよ」

業か、と繰り返しつぶやく数馬に、伊助は横目で頷く。

「まあ、けれど、大人んなってからあっしは思ったんです。生まれは選べないけれど、どこで生きていくかは選べるはずだ、とね」

「それで忍びを抜けたのですか」

「へえ、幸い上方《かみがた》にいた時に、大怪我をしましてね、仲間から死んだと思われて捨てられたんです」

「捨てられた、とは」

「忍びってえのは、死ねば無縁さんとして捨てられるだけなんでさ。誰も骨を拾っちゃくれません。ですが、そん時には、あっしは死ななかった。虫の息を吹き返しましてね、これ幸いと逃げ出したんですよ」

へえ、と数馬は口を開ける。

道は深川の町に入り、二人は歩き続ける。

永代橋《えいたいばし》が望める辺りで、大川沿いに工事をしているのが見えてきた。細い池が並ぶ土地を埋め立てている。まだ、少し残っている池を見ながら、伊助が言った。

「あそこが元木場の貯木池《ちょぼくち》ですね。埋め立てて、ここに材木問屋を集めるそうですよ。河岸《かし》で男らが話しているのを聞きました」

「へえ、そうなんですか」

数馬は辺りを見まわす。あちらこちらに、材木問屋が立派な屋根を誇っている。そのなかに勝木屋という看板を見つけて、数馬は近寄って行った。

「ここが勝木屋なんですね」

広い間口の横には路地があり、その先に池があるのが見える。木材が浮いているその池を見ていると、その路地から、若い男が出て来るのが目に入った。丸めた羽織を抱えて、振り返りながら、小走りに道に出る。そのまま勢いを上げたために、数馬と肩がぶつかった。

「おっと、御無礼を」

そう言いながら、男は走って行く。

後ろ姿を見送る数馬に、伊助が声をかけた。

「この先に尾張屋がありましたよ」

伊助の案内についていくと、数軒先に尾張屋の看板が見えた。

勝木屋よりもさらに大きく、造りも立派だ。

二人は遠巻きにようすをうかがっていたが、伊助がゆっくりと店先へと近づいて行った。出て来た手代に声をかけるためだと、数馬は追いつきながら気づいた。

伊助が手代を呼び止める。

「もし、こちらでは材木を売っていただけましょうか」

藍染めの前垂れを着けた若い手代は、伊助の姿を上から下まで見つめ、ふっと鼻から笑いをもらした。

「うちは小売りはしちゃいませんよ。御公儀の御用だけを受けているもんですからね。ほかの問屋のなかには、あまった分を小売りしているところもありますけど、うちは別だ。初代からの習わしでさ」

「ほう、ずいぶんと長い御商売のようですな」

伊助は商家の主然《あるじぜん》とした口調で返す。

「へえ。なにしろ初代は、神君家康公《しんくんいえやすこう》について尾張からやって来たお人ですから、そんじょそこらの由緒とはちがいまさ。だから、あまった材木は御公儀に献上しているんです。町方に売っては御無礼だ、ということでね」

「なるほど」

数馬も納得したように、頷いた。

感心する二人に肩をすくめると、手代は小走りにどこかへ去って行った。

伊助と数馬は改めて豪奢な普請を見上げた。伊助が小声でつぶやく。

「面目を保とうとすると、無理が出るもんです。表向きは立派でも、内情はわかりゃしませんや」

「なるほど」と、数馬はまたつぶやいた。首を伸ばして、店の中に目を向ける。手代や番頭ふうの男達が忙しそうに働いている。と、奥から若い男が出て来た。

「おや、旦那、お出かけですか」

声をかけられた男はゆっくりとした足取りで、頷いた。

「ああ、材木蔵役所に帳簿を出しに行ってくるよ。誰かついてきておくれ」

「へい」

丁稚上がりのような少年が、前垂れを外し、若い旦那のあとに続いた。

端に退いた数馬らの前を通り過ぎて行く。

「跡を継いだばかりの若旦那、というふうですね」

数馬のささやきに伊助も頷く。

「ええ。てえことは、勝木屋に嫌がらせをしたのは、先代ってことですね」

「なるほど」

数馬はまたつぶやいて、若い旦那の背中を見送った。

そこに先ほどの手代が戻って来た。

「もし」と伊助が声をかける。

「へぇ、まだなにか」

立ち止まる手代に、今度は数馬のほうが問いを投げた。

「今し方、こちらの主が出て行かれたが、ずいぶんと若いお人なんですね」

「ああ、そりゃ……去年、先代が亡くなって、跡をとったばかりですから」

「ほう」伊助が感心したように目を開く。「あの若さで大店の主人とは、なかなか大したものですな」

「ええまあ……」

手代は曖昧に笑う。そのままそそくさと店の中に入って行った。

店先を立ち去りながら、二人は顔を見合わせた。数馬は目の端で振り返る。

「あの手代のようすからすると、あの若旦那はまだなにかと頼りない、ということですね」

「へい、そういうこってしょう。まあ、そういうお人は、まわりにいいように操られますから、それはそれで油断はできませんがね」

なるほど、と数馬は今度は胸の内だけでつぶやいた。

二人の足はすぐ近くの永代橋に向かっていた。そこから大川を渡れば、馬喰町に戻れる。

橋の勾配に足をかけて、数馬はふとその動きを止めた。振り返って、人の流れが進んで行く、門前仲町《もんぜんなかちょう》の方向を見る。そこには江戸で最も大きな八幡様と言われる富《とみ》ケ岡八幡宮《がおかはちまんぐう》がある。そして、その裏手には、秋川藩の下屋敷があるのだ。

上半身をひねったまま、数馬はそちらを見つめた。足がその方向へ向きそうになる。行きたい、という気持ちが足に力を入れさせる。同時に、いや危険だ、という考えがそれを止める。ぐらつく足で、数馬は橋の上で固まっていた。

「数馬様、どうしました」

橋を上りながら、伊助が振り向いた。

「ああ、いえ……なんでもありません」

数馬は正面に向き直り、ふうと息を吐くと、再び橋を上りはじめた。

夜の風が窓を叩いて、鳴らす。

数馬は布団の中で、その音に耳を澄ませていた。

頭の奥に、同じ音が甦る。

あれは十歳の時だったか……。

「千代丸《ちよまる》」

そうだ、母は幼名の千代丸と呼んで、こう言ったのだ。

「もう十歳になったのだから、これからはひとりでお休みなさい」

初めて、ひとりで寝た夏だった……。風の音とともに、その時の光景も浮かび上がってくる。

夏の夜。

開け放した縁側から、夜風が吹き込んでいた。木々の枝を鳴らす音が響き、それが蚊帳《かや》の中にまで届いていた。大きな風の音にふと目を覚まし、蚊帳越しに外を見た。

真っ暗な庭に、ほのかに月の明かりが差していた。その時、声を上げそうになった。

闇の庭に、白いものが動いたのだ。

ふわふわと、白いものが宙に浮いている。何度目を凝らしても、それは確かに見える。お化けだ……そう思い、布団の中に潜るが、恐ろしさで眠ることなどできない。

そっと顔を出すと、化け物はまだ庭にいる。何度繰り返しても、それは消えない。

どうしよう……このまま朝を待つのか……それとも、追い払うことができるのか……迷いのなかで時が経つ。

その耳に父の声が浮かび上がった。

「怖れは逃げ続ける限り、なくならぬものだ。怖いと思ったら、それに立ち向かえ」

いくども聞かされた言葉だ。

そうだ……父の言葉を反芻《はんすう》しながら、思い切って布団から出た。胸の動悸《どうき》を抑えながら、蚊帳もめくった。

汗をかいた手に木刀を握り、縁側へと忍び足で出る。

暗闇に馴れた目に、庭の木々が浮かび上がった。

揺れる枝、低木の茂み……。

化け物……。

そこで、力が抜けた。

白いものは、木の枝に引っかかった下帯《したおび》だったのだ。

風で、干してあったものがどこかから飛ばされてきたのだろう。松の木に絡まって、ひらひらと揺れている。

「なんだっ」と思わず吐き捨てた。

人騒がせな下帯に腹が立った。己の臆病さにも腹が立った。

そしてすぐに、あまりのばかばかしさにおかしくなった。

その時の笑いが思い出されて、数馬は吹き出す。

そうだ……立ち向かえ。

布団の中で寝返りを打つと、数馬は腹の底でつぶやいた。

二

朝餉がすんで落ち着いた頃、数馬は喜平の姿を探した。

公事宿の朝はそれほど慌ただしくはない。長逗留の客が多いため、ふつうの宿のような朝の出立が少ないからだ。

喜平はちょうど部屋から出て来たところだった。にこやかに朝の挨拶をすると、なにか、と首を傾げた。

「今日の午後は、出かけてもよいでしょうか」

数馬の問いに、喜平は頷く。

「はい、けっこうですよ。今日は勝木屋さんの詮議で奉行所に呼ばれておりますので、そのなりゆきを見て、この先の動きを決めようと考えておりますし」

「詮議ですか。では、虎市さんも来るのですか」

「ええ、目安の内容を双方に確認するのが主眼ですから、ともに言い分を述べます。

まあ、勝木屋さんは、虎市さんのはただの言いがかりだ、とおっしゃってましたから、大丈夫でしょう。虎市さんも奉行所に行けば多少は怖じけて、あっさりと引くかもしれません」

「なるほど、それで終わりになればいいですね」

「ええ」喜平は微笑む。「ですから、どうぞ、どこへなりともお出かけください」

数馬は小さく頭を下げて、礼を言った。

昼下がりの深川は、門前町に多くの人が行き交う。人の集まる参道から富ヶ岡八幡宮の境内を抜けて、数馬は裏手へと足を進めた。屋敷の塀が延びる一画に秋川藩下屋敷の塀もある。だが、外様《とざま》の小藩であるだけに、造りも長さも大藩から見ればはるかに劣る。

塀沿いに裏手にまわると、そっと裏門の戸を開けた。庭の奥に位置するために、人と会うことはほとんどない。それでも、数馬は身を潜めるようにして、歩いた。敵対する何者かが、自分に気がつかないとも限らない。なにがどう変わっているか、わからないのだ。

庭木のあいだをそっと歩きながら、数馬はとりあえず井上武部の部屋を目指した。

隠し子の噂はどこまで広がり、国ではどのような状況になっているのかが知りたい。七重に会うのはそれを確認してから、と腹づもりをする。大殿様の隠し子の噂を七重も耳にしていたとしたら、いったいどのように感じているのか……。それも気がかりのひとつだった。

花を咲かせた躑躅《つつじ》の裏を歩く数馬が、ふとその足を止めた。茂みの向こうから男の声が近づいて来ることに気づいたのだ。

「隠し子がいるというのは本当なのか」

その言葉に、思わず身をすくめ、息をつめる。

「ああ、それは確からしい。それ、昔、国の城中で側室のお子が急死したという話を聞いたことはないか」

「おう、それなら前に父上から聞いたことがある」

「うむ、その死に方に不審を感じた人らがおったそうだ。だから、その後にお子が産まれた時には、すぐに身分を隠したまま養子に出された、というのが噂の元だ」

「ほう、では歳《とし》を考えると、若殿様にとっては弟君ということか」

「そうなるな」

二人の男の足音が近づいて来る。数馬は身を木陰に隠したまま、男達のやりとりに耳を傾けていた。

「そうか、若君の命を守るためにとことん隠したというわけだな。しかし、それならばなにゆえ、今頃になって明らかにしたのだ」

「それは……まあ、聞いた話によると、だ……なにかお役に就《つ》けて、若殿様のおそばに仕えさせる心づもりらしい」

「ほう、確かに、弟君がおられるのなら、しかるべきお役に就けるべきであろうな」

この声には聞きおぼえがある……そう数馬は感じた。

男達の声が近づき、姿も見えてきた。

「いやまあ、要するにあれだ。大きな声では言えぬが、仮に若殿様になにかあったとしても、弟君がおられれば跡継ぎの心配はいらぬ、ということだ」

「おおっ、と。そういうことか」

驚きを顕わにしたその男の顔を、数馬は盗み見た。声におぼえがあるのも無理はない。いくども表門で顔を合わせた門番の侍だった。鼻の横に黒子《ほくろ》があることから、数馬が密かに鼻黒子と呼んでいる男だ。男達は肩に釣り竿を担いで、こちらにやって来る。

しまった、と数馬は顔をしかめ、後ろへと下がった。が、隠れるところはない。

男達の姿が、目の前に現れた。

「やっ」もうひとりの男が数馬に気がつき、腰を落として身構える。

「こやつ、何者」

数馬は思わず刀の柄《つか》に手をかける。

が、すぐに「へっ」と気の抜けた声が、構えた男の隣から上がった。鼻黒子が数馬を見て鼻で笑ったのだ。

「ああ、大事ない。そやつはときどきやって来る素浪人だ。井上様と七重様がおやさしいのをいいことに、菓子などをねだりに来ているだけだ」

「菓子だと」男は吹き出す。「二本差しのくせに、菓子などもらって喜んでおるのか。情けないやつだ」

「ああ、放っておけ」

鼻黒子は手にしていた釣り竿を揺らして、歩き出す。同じく竿を持ったもうひとりも、笑いながら裏門へと向かって行った。

大きな息を、数馬は落とした。

やれやれ……肩の力を抜きながら、数馬は柄《つか》から手を放す。

気を取り直して、数馬は井上武部の部屋の前に立った。

「井上様」

呼ぶが返事はなく、しんと静まりかえっている。

御不在か……数馬は廊下の奥へと目を向けた。その先には七重の部屋がある。

思い切ったように足を踏み出すと、数馬は廊下に沿って奥へと歩き出した。以前、招かれたことのある部屋の前に立った。が、「娘の部屋に男子を入れるなど」という武部の叱り声が思い出される。ためらう数馬の耳に、部屋の中から笑い声が響いた。七重の声だ。

「七重殿」

思わず上げた声に自分で驚きながら、数馬は佇《たたず》む。その目の前で、すぐに障子が開いた。

「まあ、数馬様」丸く見開いた目で、七重が廊下に出て来る。「お約束どおりに来てくださったのですね。さっ、どうぞ」

七重は手を上げて部屋へと招く。

「仔猫は五匹生まれたのですよ。もう、かわいくてかわいくて、今も遊んでいたところです」

沓脱石《くつぬぎいし》に片足をかけたものの、上がっていいものかどうか迷う。それを見透したように、七重は子供のように笑って見せた。

「武部殿は上屋敷に行っているので、叱る人はおりません」

つられて数馬も笑顔になる。では、と上がった。

部屋の中では仔猫がよちよちと、それぞれの方向に歩いたり転がったりしている。

その無邪気なしぐさに数馬も眼を細めた。

「いや、これはかわいい」

「そうでしょう」

七重は三毛猫を抱き上げて頰ずりをする。数馬も白黒の斑《ぶち》を手でつかむと、その小さな額に口をつけた。

「赤子の匂いがしますね」

「ええ、いい匂いです」

仔猫を次々に触りながら、他愛もなく笑い合う。これまでと変わらない七重の笑顔に、数馬は抱いていた不安が消えていくのを感じていた。それが心をほぐして、また笑いになる。

が、ふと我に返って、数馬は真顔になった。

「井上……武部様はお出かけなのですか。お戻りになられるのでしょうか」

井上武部は伯父に当たる。数馬の生みの母である千代は武部の妹であった、というのは、武部自身の口から聞いたことだ。実感は薄いものの、武部の気さくな人柄から、数馬も親しみを感じている。

「今日はお戻りにはならないと思います」七重も笑みをしまう。「最近、なにかと上屋敷に詰めることが多いのです。なにやら……」

急に曇った七重の顔に、数馬は眉を寄せた。

「なにか、あったのですか」

七重は首を傾げて、数馬を見た。

「なにやら国元が落ち着かないようなのです。大殿様に実は隠し子がいた、という噂が広まっているそうで、この下屋敷までそわそわとして……」

「隠し子、ですか」

数馬は唾《つば》を飲み込んだ。やはり七重の耳にも入っていたのか、と手にも力が入る。

七重は眉を寄せたままだ。

「わたくし、最初に聞いた時には、少し、気持ちが塞《ふさ》ぎました。殿方というのは、なにゆえにあちらこちらに子を儲けるのでしょう」

数馬はぐっと詰まる。そのような行いはまだしたことがないが、己がその結果であることは否《いな》みようがない。

　七重はしかし、すぐに眉を開いた。

「ですけど、わたくし、思い至ったのです。大殿様には昔、深く想われた方がいらしたという話を聞いておりますでしょ。もしかしたら、そのお方がお子をお産みになったのではないかしら。だとしたら、その隠し子というのは、恋の形見ということですわ。ね、そう考えると、素晴らしいことでしょう」

　七重の目が輝き出した。手を合わせて、うっとりと微笑む。数馬はほっと胸をなで下ろした。

「井上様がお忙しいのは、その件なのでしょうか」

「ええ、そのようです。その弟君がお城に入れば安泰だ、と武部殿は話しておりました。そのためにいろいろとせねばならぬことがあるようです」

「お城に……」

　数馬はなにも知らぬふうを装って、相づちを打つ。七重はまた眉を曇らせると、小さな息を落とした。

「なれど、そのことでまた陰で諍いが起きるのではないか、と案じられてなりません。父上はそれを妨げようとするに決まっています」

「お父上が、ですか」

数馬は思わず驚きで声を高めた。七重はなにも知らない、と考えていたのに、いったいどこまで知っているのか……と、息を呑む。

七重は眉をひそめた。

「父上は国家老様と対立しているようなのです。そして、その隠し子の若様は国家老御配下の方々が匿《かくま》っていたようなのです」

「なぜ……そのようなことを御存じなのですか」

ああ、と七重は苦笑する。

「わたくしは姉上とちがって、部屋に籠もっていることができない性分なのです。庭で草花もいじりますし、猫を追って屋敷中も歩きまわります。そうしていると、聞くとはなしに……いえ、それは嘘……話の内容によっては思いっ切り聞き耳を立てて、皆のひそひそ話を聞くのです」

「そう、でしたか」

「はい、特に……」七重は口元を歪める。「数馬様にとって、父上は敵《かたき》に当たる、と聞いてから、余計に気になって、人の話をこっそりと聞くようになりました。父がどのようなことをしているのか、娘として知らねばならない、と思ったのです。そうしたら、まあ……」

七重は首を振って、庭に目を向けた。

「吉原通いをしていたとか、こっそりと土地や屋敷を買っているとか、御公儀の御重役と密かに手を結んでいるとか、いろいろとあきれることばかりが耳に入って……おまけにそれを諫《いさ》めようとしてる国家老様と対立していると知って、わたくし、つくづくいやになったのです」

「それは……」

数馬は絶句しつつ、そこまで知っていたのか、と愕然とする。

七重は唇を嚙んだ。

「そのような父上の血がわたくしにも流れていると思うと、ときどき無性に気が塞ぐのです。いっそ出家したくなる気持ち、おわかりになるでしょう」

数馬はその頼りなげな顔を見つめ、頷いた。

「よくわかります。いろいろと考え込むと、いっそどこか山奥にでも籠もりたくなる。されど、皆、そう思いながら生きているのだと、人に言われたことがあります」

「まあ、数馬様もそうですか」

「はい、しょっちゅう、逃げ出したくなります。しかし、皆、そう思いながら生きているのです、きっと」

「ええ……いえ、なれど、父上はちがいます。そのようなことを思うような人ではありません。すべて己の思いどおりにしようと、ためらうことなく画策するのです。さればこそ、諍いの種になるのです」

七重が拳を握る。その華奢《きゃしゃ》な手を数馬は見つめた。

父の江戸家老は敵だが、その父親に与《くみ》しない娘はやはり敵にはなりえない……そう数馬は安堵する。

「ただ……」と、七重の拳が弛《ゆる》んだ。「最近は大殿様の御回復が進まれて、歩かれる長さも伸びてきました。お言葉もずいぶんと出るようになられたので、表に出ていただけるのはないか、と期待をしているのです」

「へえ、そうですか。それはよかったですね」

「ええ。諍いを治めていただければいいのですけれど……」

七重は言いながら、はっとしたように首を伸ばした。廊下の先のほうを覗き込む仕草に、数馬も首を伸ばす。なにやら人影が動くのが見えた。

「大殿様の小姓が来ますわ。おそらくわたくしを呼びに来たのでしょう」

七重は立ち上がると、開け放していた障子を半分、閉じた。

「わたくし、参ります。数馬様はあとでそっとお帰りになってください。小姓に見られて武部殿に告げ口をされてはいけませんから」

七重は小さく笑って、廊下に出た。障子を閉めつつ、言葉を添えた。

「また、お越しくださいませね」

はい、と数馬は囁くように答えた。


南町奉行所。

名前を呼ばれて、喜平は勝木屋と虎市とともに、詮議所に入った。吟味方与力が目安に目を通している。ここで詳しく詮議をして、調書が作られ、それがお白州の吟味に上げられるのが倣《なら》いだ。

与力は勝木屋と虎市を見た。

「大工虎市、折れた梁は勝木屋から買ったものに相違ないか」

「はい、ございやせん」

「勝木屋富右衛門、そのほうの言い分はどうか」

「はい、手前どもの材木かどうか、それをお役人様立ち会いのもとで、明らかにしたいと願っております」

「では、そのほうは店で売った材木ではない、と考えておるのか」

「はい」富右衛門は顎を上げて答える。「大工はあちこちから木を仕入れることがよくあります。ほかのお店で買った木が混じるのもふつうのこと。それが折れた梁ではないか、と思われます」

「お役人様」

虎市の声が上がった。

「なんだ、申してみよ」

「へい、あの木には勝木屋の焼き印が捺《お》してあります。あれは勝木屋が売った物にまちがいありません」

なんと、喜平は思わずつぶやいて富右衛門を見た。富右衛門もまた、目を見開いて、虎市を見ている。

「勝木屋、それに相違ないか」

与力は目を眇《すが》める。

「そ、それは……」富右衛門は両手をきつく握り合わせる。「確かに、わたくしどもの材木は、棟や梁に使うような大木に焼き印が捺してあります。初代から、紀伊山地に出向き、目で選んで買うのを常にしておりますから、その厳選の証《あかし》として、捺しているのです。ですが……」

　富右衛門が語気を強める。皆がその口元を見つめた。

「ですが、昔、贋《にせ》の焼き印が出まわったことがございます。また、それではないでしようか。いえ、そうにちがいありません」

「へん」虎市の声が飛ぶ。「そいじゃあ、それを調べていただこうじゃあないか。お役人様、贋物かどうか、是非ともお調べください」

　ふうむ、と与力の眉が寄る。

「そうせざるをえまいな。では、日を改めて、その梁を検分することにする。日は追って沙汰《さた》するゆえ、暁屋、それでよいな」

「はい」

　喜平は深々と頭を下げた。

　富右衛門は眉間にしわを寄せ、口元を微かに震わせている。虎市は胸を張って、その動揺する姿を見てうっすらと笑いを浮かべた。

数馬は豆腐屋で買ったがんもどきをぶら下げて戻って来た。左内から酒を飲もうと誘われたためだ。

三

「左内様、煮たのが売っていたので、それにしました」

がんもどきは左内の好物だ。

「おっ、そいつはいいな。さ、飲《や》ろう」

夕餉《ゆうげ》の箱膳を前に、二人は徳利を傾ける。

「今日の菜は青柳《あおやぎ》のぬたと伊助に聞いてな、酒が飲みたくなったのだ」

盃を傾けて眼を細める左内に、数馬も頬を弛めた。

「青柳貝というのは、江戸に来て初めて食べました。おいしいものですね」

長く切った青葱《あおねぎ》と酢味噌で和《あ》えた青柳が、口中《こうちゅう》に残る酒の甘みと重なり、数馬も眼を細める。

「昨日、数馬殿に教えられた大工の虎市の長屋に行ってみた」

左内の言葉に、数馬は箸を動かしながら聞き返す。

「へえ、どうでした」

「ああ、朝、仕事に出て、ずうっと大工仕事だ。仕事が終われば湯屋《ゆうや》に行ってひとっ風呂……わたしもついでに入ったがな。で、上がったら煮売りの菜を買って帰って、それで終わり、だ。遊びにも行かんし、誰かが来るわけでもない」

左内は蕗《ふき》味噌をなめながら、肩をすくめた。数馬も蕗味噌をつまむ。

「へえ、喜平殿の話では、詮議の場ではずいぶんと自信がありげだった、ということですが……」

「ふうむ、公事にすれば怖じ気づくと考えたのは、思惑ちがいだったわけか」

「ええ、意外ですね」

うむ、と左内はがんもどきを頬張る。

「検分をすることになったのだろう」

「はい、明後日《あさって》に決まったそうです」

数馬は青柳をつまみながら頷いた。

勝木屋富右衛門は検分の前に、暁屋にやって来た。

喜平は数馬も呼んで、富右衛門と向かい合った。

「焼き印の贋物というのは、いつの話ですかな」

喜平の問いに富右衛門が指を折る。

「二代目だった親父の時ですから、三十年ほど前でしょうか。わたしがまだ九つになるかならないかの頃だったと思います。ですから、くわしくは知らないのですが、ある日、贋の焼き印が出まわったそうです」

富右衛門は人差し指で宙に字を書いた。

「印は市の字なんです。初代も二代目も市右衛門を名乗っておりまして、そこからった市の字です。それを、今でもそうですが、大木のよい材木につけていたんです。勝木屋の厳選木であるという証として」

「ほう、で、それと同じ印を誰かが作って、安い木につけた。そして、勝木屋の厳選木と偽って高く売った、というわけですな」

喜平の読みに、富右衛門は「はい」と頷く。

「ですから、そのあとに市の字を変えたそうです。これまでは上にチョンのついた市の字だったんですが、それをやめて、上から下まで続く一本棒にしたんです。柿《こけら》という字の旁《つくり》と同じです」

「えっ」数馬が声を上げた。「柿《こけら》のほうは一本棒なんですか。市と同じなのだと思っていました」

「ええ、そう書く人もいますが、本当はちがうんです」富右衛門は頭を振る。「ですから、ふつうはそのちがいに気がつくまいと、親父がわざと変えたそうです。材木問屋なのだから、そちらのほうがふさわしいだろう、ということで」

「あのう」数馬は苦笑いを浮かべて問う。「柿《こけら》というのは、材木と関係があるのですか」

「ああ、はい」富右衛門は微笑む。「柿《こけら》というのは、木の端のことなんです。材木を組めば、端が余分として外に突き出ます。工事が終わると、そのいらない端は切り落とすのですが、それを柿《こけら》落としと言うんです。工事が終わったことを表す言葉なんですよ」

「ほう、なるほど。確かに材木問屋にふさわしい」喜平が手を打った。「では、本物の印は一本棒の市の字になっている、と。であれば、富右衛門さんが見れば、梁の焼き印が本物か贋物か、容易に区別がつく、ということですな」

「はい」

富右衛門は頷く。

「それは安心」喜平は笑顔で立ち上がる。「では、検分に出張《でば》ると致しましょう」

富右衛門と数馬もそれに続いた。

安芸屋に着くと、すでに虎市が待っていた。そこに奉行所から遣わされた役人も到着する。着流しに羽織姿の同心に、裾をはしょった小者がついて来た。

「どれがその梁か」

同心が見上げると、虎市はひょいと身を翻して梯子を登り出した。二階の木組みの上に立つと、折れて曲がった頭上の梁を手で示した。

「これでさ」

虎市は積んであった板を手に取ると、木組みの上に、人が歩きやすいように床として並べはじめた。富右衛門は梯子を登りはじめる。不安げに見上げる喜平に、数馬が手を上げる。

「わたしが見てきます」

数馬のあとには、同心がおぼつかない足下《あしもと》で上って行く。

「さあ、ここに焼き印がある。見ておくんなさい」

虎市はすでに用意をしてあったらしい踏み台を出した。

まず同心がそこに乗り、揺らぐ踏み台に顔を引きつらせながらも、焼き印を見上げた。数馬も見上げると、梁の端に四角い升に囲まれた市の字が見えた。

「ふむ、確かに印があるな」

踏み台から下りた同心が頷いて、富右衛門を振り向く。

「確かめてみよ」

「はい」

富右衛門は力強く、踏み台に足を乗せる。上に立つと背伸びをして、その焼き印を見つめた。

数馬はすぐ横に立って、その富右衛門のようすを見守る。

焼き印を見る富右衛門の顔が変わった。頬が引きつったのが、わかる。

足下が揺らいだのか、富右衛門の身体が傾き、数馬はあわてて腰を支えた。

「大丈夫ですか」

富右衛門は揺れながらも身体を戻し、ゆっくりと踏み台から下りた。

虎市がその前に進み出る。

「どうでい」

「どうなのだ」

同心も顔を覗き込む。

富右衛門は引きつったままの頬で小さく顎を引いた。

「うちの印が、ありました」

はっはっ、と虎市の息が笑いに変わる。

「そうら見ろ、これは勝木屋の木だという証だ」

虎市は上から下を歩く人々へと身を乗り出す。

「みんな、聞いてくれ。材木問屋の勝木屋は腐った木を売る腐れ問屋だ」

道行く人々はいきなり降ってきた大声に、足を止めて見上げる。

「これ」同心がその背に声をかけた。「お奉行様のお沙汰はまだ下りておらん。そのようなことを言うでない」

富右衛門は怒りを抑えているのか、首を赤くして虎市を見つめる。

数馬は下で見上げている喜平に向かって、そっと首を横に振った。


二日後。

数馬は喜平と連れだって、元木場の町に向かっていた。

勝木屋から使いが来て、相談したいことがあるので来てほしい、と頼まれたせいだった。

元木場の町に入ると、数馬はすたすたと道を進んだ。伊助と来た時に、勝木屋を見ている。

「ここです」

手を上げる数馬に並んで、喜平も店を見上げた。

「ほう、こぢんまりとしたいい造りですな」

二人は中へと入って行く。名乗るとすぐに、来訪を聞かされていたらしい番頭が、奥へと案内した。

廊下を進むと、突き当たりの部屋から声が響いてきた。番頭が気まずそうに肩をすくめる。

「この馬鹿もん」

富右衛門の声だ。

「ち、ちがう、ちょっと借りようと思っただけなんだ。返すつもりだったんだ。本当だよ、お父っさん」

若い男の声だ。

「二度とここには入るな」

富右衛門の声とともに、襖が開く。若い男が転げるように廊下に出た。

あっ、と数馬は喉元で、上がりそうになる声を抑えた。転がり出たのは、以前来た時に、羽織を抱えて脇の路地から走り出た男だった。

男は数馬らに気がつくと、ばつが悪そうに腰を曲げ、横をすり抜けた。それを追って、母親らしい女が出て来る。

「待ちなさい、松次郎《まつじろう》」

女も数馬らに気づき、慌てて腰を曲げながら、松次郎を追って行った。

それを見送って、番頭がおずおずと中へ声をかける。

「旦那様、暁屋さんがお見えです」

一瞬の間があき、そのあとに富右衛門が姿を見せた。

「これはこれはお恥ずかしいところを……ささ、どうぞ、中へ」

ともに咳払いをしながら、部屋の中で落ち着く。富右衛門は顔をしかめて、廊下に目を向けた。

「さきほどのは倅《せがれ》の松次郎でして、なんとも恥ずかしい馬鹿息子で……」

上目で客を見ると、ほうと溜息を落とした。

「いやはや、いったいなにが悪かったのか……わたしどもの至らなさゆえとはいえ、跡継ぎを育てるというのは難しいもの、とつくづく感じております。まあ、もう、あれを跡継ぎにすることはあきらめていますが……」

「ほかにも息子さんがおありで」

喜平の問いに、富右衛門は息を落とす。

「いえ、倅はあれだけなので、娘に婿をとることにしています。あれには小さな材木屋でもさせて、苦労を教えなければいけないと考えております。それでもだめなら、路頭に迷うのも致し方ありません」

「ほう、それはおつらい決断ですな」

喜平のやさしい声に、富右衛門は少し、面持ちを和らげた。

「はい。しかし、お店はわたしひとりのものではありません。うちのような小さな問屋でも、三十人近い者が働いておりますし、出入りの方々も多い。ひとりの馬鹿息子のために、商いをだめにするわけにはいかないのです」

ふうと息を吐いて、天井を見上げる。

数馬は富右衛門の言葉が腹の底に落ちていくのを感じていた。

「ああ、いやいや」

富右衛門が背筋を伸ばす。顔を引き締めて横に置いてあった箱を取り上げた。

「わざわざお越しいただいたのに、つまらないことを言いました。実はこれを見ていただきたくて、御足労願ったのです」

さほど大きくはない木箱の蓋を、開けてみせる。中には細い棒の先に四角がついたものが並んでいる。焼き印だとわかった。

そのうちの一本を手にとって、富右衛門は二人に向けた。

「これが一本棒の市の字で作った印です。これは使い込んで形が変わってしまったために、今は使っていません」

二人は箱を覗く。中には三本の焼き印が並んでいる。富右衛門もそれらを見つめ、そっと手を触れた。

「この焼き印は親父が作らせたものです。五本、作ったそうです」

「五本……」

数馬がつぶやき、喜平も四本の印を目で数える。

では、もう一本は、と問う二人の顔に、富右衛門は頷いた。

「実は一本はなくしてしまったそうです。それがどのような経緯であったのか、わたしは知りません。ですが、親父は知っているはずです」

「なるほど、では、折れた梁にあった焼き印はその一本かもしれない、と勝木屋さんはお考えなのですな」

喜平の言葉に、富右衛門が再び頷く。

「あの梁の焼き印を見たあとに、そう思えてきたのです。どこかに持ち去られた焼き印が、ああして使われたのだとしたら、腑《ふ》に落ちます」

ふうむ、と喜平が腕を組み、数馬は身を乗り出す。

「その紛失した焼き印がどこにあるか、心当たりはあるのですか」

「いえ」富右衛門は首を振る。「しかし、親父ならばなにか知っているのではないか、と思うのです。それを訊いてみようと思うのです。それがわかれば、このあとの吟味に役に立つのではないかと思いまして……いかがでしょう」

「なるほど」喜平が腕を解く。「焼き印がひとつなくなったまま、という事実だけでもこちら側にとって有利です。親父様はご健在ですかな」

「はい、隠居暮らしをしております」

「おお、では、昔、紛失したということを、お白州で話していただけますまいか。親父様に引き合い人として出てもらえれば、公事は有利になる。いや、わたしからお頼みしましょう」

「そうですか」富右衛門の顔が明るくなる。「実はそうしていただければ、話が通りやすいと思っておりました。親父はあまり昔のことを話してくれないので、わたしが頼んでもどう出るか……けれど、公事師の方から話していただければ、いやとは言わないでしょう。ただ……」

言いよどむ富右衛門に喜平は先を促すように顎を上げる。

「ただ、親父は行徳《ぎょうとく》に暮らしているのです」

「行徳、ですか」

喜平の揺れる声に、数馬が問う。

「行徳とは、どこにあるのですか」

「ずっと東の下総《しもうさ》の入り口、葛飾《かつしか》の地です。いや、船で行けますから、どうということはありません」

喜平は微笑むと富右衛門に頷いて見せた。

「わたしが行って話を聞いた上で、引き合い人になっていただけるよう、お頼みしてみましょう」

喜平の目がちらりと己を見たのに気づき、数馬も頷いた。

「はい、わたしも参ります」

富右衛門は背中を丸めて、頭を下げた。

「よろしくお願い申し上げます」

四

暁屋の土間に立って、数馬は外を眺めていた。雨が風に吹かれて斜めに落ちてくる。

「雨だな」

後ろから左内の声がかかった。

「ええ、風もあるので、行徳行きは流れたままです」

「ああ、そうか。船だと風や雨はまずいな」

左内も土間に降りてきて横に並ぶ。

生温かい雨粒が、時折足下に吹き込んでくる。

「おっ、そうか」左内が手を打った。「雨となれば大工仕事は休みだ。虎市が動くかもしれぬな。こうしてはおれん」

左内は部屋へと戻る。が、すぐに身支度を調《ととの》えて出て来ると、傘をさして雨のなかに飛び出して行った。

数馬は道へと足を踏み出して、庇越しに灰色の空を見上げる。斑《まだら》の雲が形を変えながら、空を流れて行く。

「数馬」

雨のなかから声が起きた。外で呼ばれたことに驚いて、声のほうに顔を向けると、傘が揺れている。新一郎が笑顔を見せながら、こちらに歩いて来ていた。

部屋で向かい合うと、数馬はすぐに気がかりを口にした。

「上屋敷のようすはいかがですか。なにか変わりは……」

上屋敷の主は江戸家老の望月主膳だ。隠し子の噂に反応して、なにか動き出していないか、気になる。

新一郎は胡座《あぐら》の膝に手を乗せた。

「わたしは江戸に来たばかりだからな、以前とちがうのかどうかもよくわからん。ましてや、家督も継いでいない身で長屋の居候だ。江戸家老様は姿すらお見かけすることもないし、重役方の顔も知らないときている。いや、しかし……来て、驚いたぞ。奥方様は上屋敷でお暮らしなのだな」

ああ、と数馬は頷く。ふつう、家族は下屋敷で暮らすものだ、と数馬も聞き知っている。新一郎は怒りを顕わにした。

「お紅《こう》様は大殿様の奥方であられるのだから、そばでお世話をするのが筋ではないか。

雪乃《ゆきの》様とて、若殿様が国元におられるのだから、下屋敷で舅である大殿様に仕えるのが当然であろう。江戸家老様の横暴としか思えん。いくらお紅様が妹御で雪乃様が娘御であろうと、上屋敷に留め置くなど、もってのほかだ」

「ええ」数馬も顔を歪める。「されど、今はなんとなくわかります。江戸家老……望月様は、家族を下屋敷におけば危害を加えられるかもしれぬ、と警戒しているのでしょう。国家老一派に人質にでもとられれば、不利になる」

「ふん、そうであろうな……しかし……」新一郎は神妙な眼を向ける。「そなた、江戸家老の娘御、七重様と親しくしているというのは、本当か。七重様だけは下屋敷でお暮らしだそうだな」

数馬は声を詰まらせる。その困ったような顔を見て、新一郎は表情を和らげた。

「いや、責めておるのではない。それに、これは井上武部様に聞いたのだ」

「井上様に会われたのですか」

「ああ。わたしが江戸に来たことも、数馬の従兄であるということも、国元から知らせが届いていたらしい。そっと、庭に呼ばれてな、話をしたのだ。あの方はそなたの伯父上にあたるのだそうだな」

数馬は苦笑する。

「そうらしいです。井上様から聞きましたが、どうも未だに実感が湧きません」

「ふむ。人とのつながりなど、そんなものだろう。血よりも気が合うかどうかのほうが大きい。しかし、井上様とそなたは、すでに気心が通じているようではないか。そなたのことを、気性が妹御の千代様に似ていると、目を細めておったぞ」

「そう、ですか」

ああ、と頷きながら、新一郎は背筋を伸ばした。

「いや、そのことではなく……そら、七重様のことだ。そなた、七重様を想うておるのか。敵《かたき》の娘だぞ」

数馬は赤くなりそうな熱さを抑えるために、息を吸い込んだ。

「七重殿は、江戸家老とは御気性も心映えも、まったくちがいます。江戸家老は敵ですが、七重殿はそれとは関わりがありません」

ふうん、と新一郎は目を眇《すが》めて見返す。

「まあ、七重様のことは大殿様も井上様もかわいがっておられるというから、確かに父親とはちがうお人柄なのだろうな」

新一郎は肩の力を抜くと、数馬を斜めに見てにやりと笑った。

「かわいいのか」

ぶっと咳き込みそうになりながら、数馬は口を押さえた。

「いえ、その……かわいい、とも言えますが、清《すが》しい、というか潔《いさぎよ》いというか、人が……美しいのです」

ふううん、と新一郎が顎を上げる。

「そなたも大人になったものだ。いや……本当に変わったな」

新一郎が、真顔になった。

「先日、久しぶりに会った時に驚いた。国にいた頃は、頼りない弟分と思うていたが、顔つきまで変わっていたからな。正直、戸惑ったのだ」

「そう、でしょうか」

数馬は顔を手で撫でる。

「ああ。おまけに、毅然としてものを言うし……人に反論することなどなかった、あの素直な山名総次郎とは思えん」

数馬は笑い出す。久しぶりに聞く山名総次郎という名も、どこか他人の名のように聞こえる。

「素直、というか、己の考えがなかっただけです、あの頃は。なにも考えずとも生きていけていたのだと、今さらながらにわかります。そういう面では、確かに変わりました。今は考えねばならぬことが山ほどありますから」

「ふむ、そうか」

「ええ、それに戦うこともおぼえました。己の弱さと戦って、少し、心がはっきりしてきたのです。おもしろいもので、己がどういう者かがわかると、腹の立つ相手もはっきりとしてきました。憎むべきものが明確になって、それと戦う気力が湧いてくるのです」

ほう、と新一郎は顔を傾ける。

数馬は照れを隠さずに、微笑んだ。

「それに、憎むべきものが明確になると、守るべきものもはっきりとわかるのです。武士が守るべきものは主君、と教えられましたが、今はそれだけではないと感じています。己の守りたいものを守っていいのだ、と思います」

新一郎の目が大きく開く。そのままじっと数馬を見つめると、居ずまいを正した。

「本当に変わったのだな……正直に言うと、そなたを大殿様の息子として重役に就けようという父上らの意見に、わたしは無謀ではないかと疑問を感じていたのだ。洟垂《はなた》れ小僧の頃から、気弱だったそなたを知っているからな。しかし、これで考えが変わった。大丈夫だ」

「いえ、それとこれとは……」

「ちがうというのか」

強い詰問口調に、数馬は喉を詰まらせる。その困惑顔に、新一郎は笑い出した。

「いや、すまん。まだそなたの心は定まっておらぬのだろう。だがな……」

新一郎は真顔になる。

「実は今日来たのも、井上武部様からの言伝《ことづて》があったからなのだ」

「言伝……」

「ああ、近々、下屋敷に来られよ、ということだ」

数馬は頭の中でその言葉を反復する。確かに、先日、訪れた時には、武部は不在だった。おそらく、もう戻ったのだろう。

「わかりました」

頷く数馬に、新一郎は懐から小さな赤い包みを取り出した。

「それと、これも預かった」

ひと目で絹とわかる布地だが、色はずいぶんと褪せている。数馬はそれをじっと見つめてから顔を上げた。

「なんですか、これは」

「さあ、知らん。だが、数馬殿に渡してくれ、と井上様に申しつけられたのだ。確かに渡したぞ」

はあ、と数馬は手は伸ばさないままに、それを見つめた。

「さて、では、わたしは戻る」

立ち上がった新一郎を数馬は見上げる。

「もっとゆっくりと……そうだ、昼餉をすませていってはどうです。ここの飯はうまいのです。頼めばもうひとり分くらいすぐに作ってもらえますから」

いや、と新一郎は首を振る。

「道場に行かねばいかん。江戸には剣術修業という名目で来ておるからな、行かねば不自然であろう。父上からも、自然にふるまい目立つことは決してするな、と言われておるのだ」

そう言われては、引き留めるわけにはいかない。数馬は玄関まで見送ることにした。

傘を広げ、新一郎は空を見上げて、雨の降る道に出て行く。

数馬は雨滴の中にかすんでいく後ろ姿を、じっと見送った。

雨の降る道を、左内は歩き続けていた。

目の先には、虎市が傘を揺らしながら歩いている。

内神田から昌平坂《しょうへいざか》を上って、すでに市ヶ谷《いちがや》を抜けた。四谷《よつや》の大木戸も先刻、くぐったところだ。

道には人の姿が増えはじめ、にぎやかな声が行き交う。

なんだ……と、左内は辺りを見まわしながらつぶやいた。内藤新宿《ないとうしんじゅく》まで来てしまったではないか。いったいどこまで行くつもりだ……。

虎市はすたすたと人波を縫い、やがて小道を曲がった。

左内も雨を跳ね上げながら、ついて行く。

小道からさらに路地へと、虎市は入って行った。その先は長屋だ。

雨のなかでも、野菜を洗うおかみさんの姿がある。そのまわりでは子供達が、水たまりを跳ねながら遊んでいる。

虎市が長屋の路地に入った。

「あ、虎市あんちゃんだ」

子供のひとりが振り返った。

「おや、虎いっさん、お帰り」

おかみさんも笑顔を向ける。

虎市は会釈を返しながら、一軒の戸の前に進んだ。

「ただいま」

そう言って戸を開けると、虎市の姿が中に消えた。

左内はその前を通りながら、足の運びを緩《ゆる》めた。

中から男の話し声が聞こえてくる。

左内はがっくりと肩を落とした。なんだ、親の家に戻っただけか……そう舌を打って、来た道を戻りはじめる。濡れた足がよけいに冷たく感じられて、道を蹴った。


部屋に戻った数馬は、赤い包みをそっと手に取った。

開けてみると、中から現れたのは女の髪に挿《さ》す飾り櫛だった。赤漆《あかうるし》に金蒔絵《きんまきえ》で、桔梗《ききょう》の花が描かれている。

数馬は息を呑んだ。井上武部が以前、言った言葉が脳裏に甦る。

「大殿様は千代を桔梗の花のようだ、と申されてな」

七重の言葉も耳に浮かぶ。

「大殿様は桔梗の花がお好きなのです」

七重はわざわざ庭に桔梗の花を植えていた。大殿様の居室に飾るのだと、言っていたのを思い出す。

それではこれは、千代の物なのか……。そう自問しながら、数馬は櫛を目の前に掲げた。井上家に戻って密かに子を産み、まもなく亡くなったという話は聞いている。武部が妹の形見として、櫛を残していたとしても不思議はない。

次々に湧き上がる思いで、櫛を握る手に力がこもる。それを顔に寄せて、さらに見つめた。と、その目が見開いた。香りが立ったのだ。

櫛を鼻に近づける。細く削った櫛のあいだから、微かにほんのりと甘い香りが漂う。椿油のようだが、それだけではない、人の香りのようにも感じられた。

母上……数馬の口が音もないままに動く。

「母上」

次には、自然と音になった。

櫛を握りしめ、数馬は目を閉じた。

これまで思い浮かべることができなかった姿が、瞼の裏に、初めて浮かび上がってきた。凛《りん》としながらも微笑む、女の姿だった。

第三章　父の歯ぎしり

一

船は大川から小名木川《おなぎがわ》へと入って行った。

船の後尾寄りに座った数馬は、空を見上げてから、隣の喜平に笑顔を向けた。

「一昨日《おととい》までの雨風《あめかぜ》が嘘のようですね」

「まったく、晴れてよかった」

喜平も微笑む。晴天になったことから、喜平が朝早くに、行徳行きを決めたのだ。

富右衛門の父である市右衛門《いちえもん》に会わなければならない。

船にはほかに、七人の男達が客として乗っている。小名木川に入ったのを機に、弁当を拡げ、酒を飲み出した。朝日のまぶしさが水面をきらめかせているが、誰も頓《とん》着《ちゃく》はしていない。昨夜の酒が残っていそうな男達の顔は、すぐに赤く染まった。

あきれたように見つめる数馬に、喜平は微笑んで言う。

「成田詣《なりたもう》でに行く人達でしょう。皆、船で行徳まで行って、そこから歩くんです」

「成田、とはどの辺にあるのですか」

「下総《しもうさ》の国をずっとなかに入ったところです。成田山新勝寺《なりたさんしんしょうじ》というお寺がありましてな、御本尊のお不動様は、深川の永代寺《えいたいじ》でもときどき出開帳《でがいちょう》が行われるんですよ。それはもう、多くの人が出ましてな」

「へえ、では、有名なんですね」

「ええ、古くからあるお寺ですから。なにしろ平将門《たいらのまさかど》が乱を起こした時に、朝廷が平定を祈願したのがはじまりと言われています」

「平将門ですか。それは確かに古い」

「はい。まあ、成田詣では江戸の人にとっては、大きな娯楽なんです」

男達は浮かれた声で、歌などを歌っている。

「いいですね、気楽で」

数馬は思わず溜息を落とす。

船はにぎやかさに揺れながら、小名木川を進んでいた。

前方に広い川が見えてくる。船尾で棹《さお》を差す船頭が、大声を放った。

「皆さん、番所ですからお静かに」

中川《なかがわ》の船番所《ふなばんしょ》だ。ここで出入りする船の調べが行われる。笠やかぶり物などはすべてとり、神妙に役人の目を受けなければならない。

「成田詣でです」

男達が言うと、役人は船の中をひととおり見て、頷いた。

「通れ」

船は再び動き、大きく舵を切って、広い中川の川面を滑りはじめた。

数馬は振り返りながら、つぶやく。

「けっこう簡単なものですね」

「寺社詣でには寛容なんですよ」

ゆらゆらと船が進む。

目の先に、広い海原が拡がった。

船は河口から海へと出て、波に大きく揺れ出す。

「おっとっと」

「こぼすんじゃねえぞ」

傾くたびに、男達が杯を持ち上げてはしゃぐ。

その光景を通り越して、数馬は先へと目を向けた。真っ白な浜辺が延びているのが見える。

「皆さん、行徳の塩田《えんでん》が見えてめえりやしたよ」

船頭の声に、皆が首を伸ばした。

喜平も腰を浮かす。

「塩田というのはおもしろいもんです。海の水があんな白い塩になるんですから」

「わたしは初めて見ました」

数馬も目を輝かせて中腰になった。と、ぐらりと揺れて、慌てて座る。

「気をつけておくんなさい。これから太日川《おおいがわ》に入りやすよ。行徳の舟場はもうすぐです」

男達は弁当を片付けはじめた。

「成田山に着いたら、まず、おっかあの塔婆《とうば》を立てなきゃな」

「ああ、おれは子供らの供養をするよ。これで気持ちも治まるってもんだ」

それぞれの顔が神妙になる。

「おれも弟の塔婆を立ててやるんだ」

「ああ、若いのに気の毒だったな」

「おいらは親だ。これでお父っつぁんとおっ母さんが成仏《じょうぶつ》してくれるといいがな」

「ああ、おいらも死んだ兄妹の菩提《ぼだい》を弔うよ」

男達の目が揺れる。

そうか……と、数馬は改めて男達を見ながら、胸中でつぶやいた。芯から気楽な人などいないのだな……。そう思うと、男達の顔がちがって見えてくる。

船は舟場へと着き、行徳の宿場町へと、数馬らは歩き出した。

富右衛門の描いた絵図で、すぐに家は見つかった。

「はい、お待ちしておりました」

出て来た市右衛門は真っ白い鬢《びん》の頭を下げて、出迎えた。

「倅から文《ふみ》が来ましてな、大まかのことを知らされました。暁屋さんですな。御足労をおかけして恐縮です。ささ、どうぞ」

老人とは思えないしっかりとした足取りで、市右衛門は奥の部屋へと二人を案内した。「父は七十二歳になります」という富右衛門の言葉を思い出しながら数馬は、しわ深いながらも血色のいい顔を見つめた。

「十五年前に隠居したあと、この行徳に家移りしましてな、今は店貸《たながし》をしてのんびり暮らしているものですから、深川のことは富右衛門に任せきりで……いや、文で知らされて驚いた次第です」

「そうでしたか。いえ、お聞き及びであれば話は早い。焼き印のことをお聞きしたくて参りました。今、勝木屋さんでお使いの焼き印は、市右衛門さんが作られたそうですね」

　喜平の言葉に、市右衛門は頷く。

「はい、あの焼き印は確かに、わたしどもが五つ、作ったのでございます。うちは初代が市右衛門を名乗り、わたしもその名を継ぎましたものですから、初めから市の字を使っておりました。ですが、贋物が出まわったために、市の字を柿《こけら》の字に合わせて作り直したのです」

「その贋物ですが」数馬が問う。「その作り手に心当たりはあるのですか」

「はぁ、それは……尾張屋さんか木立屋さんではないか、とそう推し量っただけで、証しは立てられませんでした」

「そう思われたのには、なにか思い当たる節《ふし》があったのでしょうか」

「ああ、まあ」市右衛門は目を宙に向けた。「そもそもの先代のことからお話ししたほうがいいでしょう。わたしども勝木屋は、親父が紀伊から出て来て材木屋を開き、精を出して問屋株を買った新参です。江戸は大火も多いし、町も拡がって材木の買い上げが増えておりました。材木問屋も増え、その勢いに乗ったのです。ですが、それが古くからあるお店には目障りだったようなのです」

「ふむ」喜平が頷く。「家康公《いえやすこう》とともに入った者らは、古町商人として別格扱いをされておりますからな」

「はい、親父はそれをこちらに来て知ったそうです。その古町商人である尾張屋さんと木立屋さんは、わたしどもが近くにお店を開いたのが邪魔だったのでしょう。親父はここぞとばかりに立派な店構えにしてしまったので、よけいに気に障ったのにちがいありません。尾張屋さんは、わたしどもの材木を高く評価してくれていたお役人を、なんといいますか、まあ、丸め込んでしまった、というわけでして、わたしどもの御用はあちらに流れてしまったのです」

「なるほど、御公儀御用は役人次第ですからな」

「はい」

市右衛門は苦《にが》く笑う。

「目立ちすぎるのはよくありません。人の妬《ねた》みというのは、知らないうちに蠢《うごめ》いて、突然に足下《あしもと》をすくう……恐ろしいものです」

「ええ、妬み嫉《そね》みは、相手が勝手に抱くだけに、こちらとしてはいかんともしがたいですからな。厄介なものです」

喜平も苦笑する。

その苦笑の隙間に、廊下から声が上がった。

「旦那様、お茶をお持ちしました」

「ああ、入りなさい」

ゆるゆると障子が開き、女が盆を手に入って来る。

大年増といっていい年齢だろうが、市右衛門よりはあきらかにひとまわり以上若そうだ。市右衛門は目元に気恥ずかしそうな色を浮かべて、女を見た。

「お艶《つや》といいます」

はい、とお艶はふかぶかと頭を下げる。

「ようこそお越しくださいました」

喜平と数馬は、目の前に置かれた茶を手に取って礼を言う。

またゆるゆると出て行ったお艶を見送って、市右衛門は苦笑いを見せて言った。

「妾です。若い頃に囲って、そのままで……内儀は若い頃に亡くなったものですから、こちらに移るときに連れて来まして。まあ、あれのこともあるので、江戸を離れたほうが気楽でいいのです」

「そうでしたか。いや、隠居暮らしはそうでなければ」

喜平は微笑む。

「いえいえ、いろいろとあって、煩《わずら》わしくなってしまったのが本音。まあ、話の続きに戻りましょう。木立屋さんもなかなかの遣《や》り手で、なにかと仕掛けてきまして、できる手代を次々に引き抜かれて、ずいぶんと難儀をしたものです」

「ほう、それはまた、お困りでしたでしょうな」

「確かに」数馬は腕を組む。「そのように商いの邪魔をするくらいなら、贋の焼き印を作るくらいは、しかねませんね」

「はい。しかし、どちらの仕業であったのか、わかりません。わたしどもにできるのは、新しい印を作ることくらいでした」

「おお、そうでした、それが肝要のこと」喜平が手を打つ。「して、五つ作った焼き印のうち、ひとつはどこへ消えたのでしょうか」

「はい……」

市右衛門はうっすらとある眉間のしわを深めた。が、口元を弛めると、腰を上げた。

「それは中食《ちゅうじき》のあとに致しましょう。仕出しを頼んであるので、今、運ばせます」

市右衛門は出て行くと、女中や下男を連れて戻って来た。

箱膳が並べられる。

「成田詣でのお客人は、口の肥えた方も多ございましてな、ここいらはなかなかよい料理を出すのですよ」

さぁ、と言う市右衛門のうながしに、二人は蓋《ふた》を開けた。香ばしい出汁《だし》や醤油の香りがたちまちに広がる。

「ほう、これはうまい」

喜平は鯛《たい》の刺身を含んで目を開く。

「それは酒浸《さかび》てといって、塩を振ってひと晩寝かせた刺身に、出汁といっしょに煮詰めた酒をかけたものです」

数馬は丸く揚げたすり身を口に入れる。甘やかな海老《えび》の香りが広がった。頬を弛ませる数馬に、市右衛門が頷く。

「それは海老しんじょです。海老の殻まですりつぶして入れてあるので、香りがいいのです。ささ、酒もお召し上がりを」

市右衛門が銚子を持ち上げる。ためらう数馬に、市右衛門がさらに勧める。

「また船でお戻りでしょう。酒を入れておけば酔いませんよ。来るときは大丈夫でしたか」

杯を受けながら、数馬は苦笑した。

「実は、少し胸が悪くなったのです。あと少し乗っていたら、危ないところでした」

「ははは」喜平も笑いながら盃を受ける。「わたしも海に出てから少し酔いました。どれ、帰りのためにいただきましょう」

数馬はくいと酒を流し込むと、空になった盃を見つめた。

「そうか、船の客が酒を飲んでいたのは、酔い止めだったのですね。そんな忖度《そんたく》をせずに、浮薄者《ふはくもの》と見下《みくだ》してしまって……わたしのほうがよほど愚かだ」

市右衛門は静かに微笑む。

「まあ、人のすることには、なんにでもわけがあるものですが、他人《ひと》にはそれがわからない。難しいものです」

「そうですな」喜平も頷く。「それにわけが理《ことわり》のあるものとも限りません。理不尽な考えからことを起こす者も、また多い」

「はい、まったく」

真っ白な鬢の市右衛門と白髪混じりの喜平が頷き合う。

数馬は漆塗りの飯椀の蓋を取る。炊き込み飯だ。

「あさりを炊き込んだ深川飯《ふかがわめし》ですよ」市右衛門が眼を細める。「深川にいた頃は忙しくて、あさりの味噌汁をかけた飯をよく食べました。あの味が懐かしくて、無性に食べたくなることがありましてな。もっともこれは、ぶっかけ飯ではなく、手をかけた炊き込み飯ですが」

「よい香りですね。ご飯に味がしみて、いくらでも食べられそうです」

数馬は頰をほころばせた。喜平も頷く。

「この磯の香りがなんとも言えない。深川で食べるよりもうまいくらいです」

「それはよかった」

市右衛門は飯椀を空にすると、そっと箸を置いた。

「さて、焼き印のことをお話ししなければなりませんな。実は、うちには富右衛門の上に長男がおったのです。杉松《すぎまつ》という名で、いずれ三代目市右衛門を継がせるつもりでおりました」

喜平と数馬は茶を飲みながら、じっと耳を傾ける。市右衛門は目をそらすように伏せて、首を振った。

「ですが、まあ、いろいろとありまして、杉松は遊びほうけるようになりまして、金は持ち出すわ、家に戻らないわで、頭を痛めたものです。跡継ぎの心構えを持たせようと、許嫁《いいなずけ》も決めました。その娘を気に入って、しばらくは落ち着いたように見えたのですが、それもしばしのこと。また悪い虫が起きて、逆戻りです。あげく、賭場《とば》にまで出入りするようになり、ある晩、手入れを受けて……」

市右衛門の落とす溜息に、唾を飲む。

「捕まったのですか」

「ああいえ。その場は逃げおうせたのです。ですが、杉松がいたという噂はすぐに広まりました。噂だけでは役人も捕まえることができませんから、何日かして杉松はのこのこと家に戻って来たのです。ですが、わたしは家には入れませんでした。いないあいだずっと、わたしは歯ぎしりをしながら考えてましたので、腹を据《す》えて勘当《かんどう》したのです」

「ほう、それは思い切ったことを」喜平が眉を寄せる。「届けも出したのですか」

「届け……」

首を傾げる数馬に、喜平が答える。

「本当の勘当というのは、人別帳《にんべつちょう》から外すんです。そうなれば、無宿人《むしゅくにん》となる」

「はい」市右衛門が頷く。「無宿人にしました。賭場では捕まらなかったものの、噂が広まれば科人《とがにん》と同じこと。商いを継がせるわけにはいきません。家族だけというならまだしも、お店は奉公人を抱えた大所帯で、そもそも御公儀御用を承っているのです。悪い評判の立った者は、縁を切るしかありません」

「なるほど。それはおつらい決断でしたな」

「ええ……まあ……そのあと、不憫《ふびん》な気も致しましたので、着替えだけは持って出ることを許しました。わたしが出かけているあいだに、荷物を取りに来させて、柳行李《やなぎごうり》を担いで行ったそうです。ですが、それからしばらく経ったあとに気がついたのです。焼き印がひとつ、なくっておりました」

「ふうむ、それは杉松さんの仕業だったのですか」

「わかりません。杉松とはそれきり二度と会ってませんし、消息も聞きません」

「ほう、それは潔《いさぎよ》い」

「いえ、あっちはただの意地でしょう。こちらはただお店を守るためでしたし」

ううむ、と喜平が腕を組んでうなる。

「すると、持ち出した者はわからない。ですが、なくなったのは確か、ということですな。で、それが今、どこにあるかもわかないまま、と」

「はい。売られたのかもわかりませんし、手から手に渡ったのかもしれません。こんな話でも役に立ちましょうか。富右衛門の文にちらと書いてあったのですが、わたしが引き合い人になって、それを奉行所で話せばよいのですかな」

「はい。それをお願いしに来たのです。なくなったという事実だけでも十分、勝木屋さんの利になりますから」

「わかりました。こんな老人で役に立つのなら、参ります」

「それはよかった。これで、富右衛門さんも安心されるでしょう。詮議と検分は終わっていますから、しばらくすればお白州の呼び出しが下されるはずです」

「はい、では、数日のうちに倅《せがれ》のところに行って待ちましょう。富右衛門にも、一度、きちんと話をしなければならないと考えておりました。それに……」

市右衛門は声を低めた。

「ここでは話しにくいこともありまして、もう一度、今度は勝木屋のほうにお越しいただけないでしょうか」

喜平は穏やかに頷いた。

「わかりました。では、次は深川でお会いしましょう」

二

深川門前仲町のにぎわいを抜けて、数馬は秋川藩下屋敷へと向かっていた。

来い、という井上武部からの言伝に応じてのことだ。それに、赤い飾り櫛のことを確かめたい。

裏口へとまわって、いつものようにそっと入る。人に会わぬようにと、まっすぐに武部の部屋を目指す。外に立ったまま、廊下越しに抑えた声で呼びかけた。

「井上様」

すぐに障子が開いた。

「おう、来たか、さ、上がられよ」

手招きされるまま、数馬は座敷に上がり、向かい合った。

「従兄の新一郎から、お言付《ことづけ》の物、確かに受け取りました」

間を置かずに発した言葉に、武部は目で微笑む。

「ふむ、そうか。あれは千代の物だ。国の屋敷から送らせた。実の母と言われても、触れる物がなくては情も湧くまい、と思うてな」

数馬はぐっと詰まる。確かに、初めて情が動き、母という実感を得たのは確かだ。が、思うつぼのようで悔しさも湧く。

武部はそんな数馬の心情を見抜いたように、穏やかに笑んだ。

「あの飾り櫛はわたしの父が買った物だ」

「お父上がですか」

「うむ。それが実は大殿様の御用命であったのだ」

は……と目を丸くする数馬に武部は咳払いをして話し出した。

「大殿様は当時はお殿様だった。わたしはまだ家督を継いでおらなんだが、千代は奥女中として、お城に上がっておったのだ。ある日、父は美濃《みの》に紙を買い付けに行く用命を受けてな、わたしもお供することになった。美濃で用事を済ませると、父は懐から小さな書き付けを取り出して言うたのだ。あとひとつ、これを買って行かねばならん、とな」

「書き付けとは……」

「うむ、わたしが覗き込むと、そこには櫛、桔梗の蒔絵、と記されておった。父に訊くと、城を出る前に大目付の片桐《かたぎり》様から渡されたのだという。それも殿様の御用命である、という言葉とともにな」

「お殿様自らの御用命だったのですか」

「そうよ。父上とわたしは、江戸参勤のおりに奥方様に贈られるのだろうと考えて、それは真剣によい櫛を探したものよ。桔梗の柄という縛りもあったゆえ、大名の奥方様にふさわしい櫛をと、一日歩きまわってな。そして、やっとよいものを見つけて買って帰った」

数馬の唾を飲み込む音が鳴り、武部がにやりと笑った。

「したらどうだ。数日後、千代がその櫛を髪に挿して、宿下がりして来たのだ。腰が抜けるとは、まさにことのことよ。父が青い顔ではわなわなと震えていたのは、今も忘れることができん。千代はそれに、赤い顔をしてうつむきおった」

赤地に金絵の桔梗を思い出して、数馬も胸が熱くなるのを感じた。

武部は天井を仰ぐ。

「よくよく考えてみれば、あれがお殿様の井上家に対する配慮であったのだ。口では言えぬゆえ察しろ、ということだと、父とわたしは話しているうちに気がついた。それを伝えると母は、なれば側室に上げていただけるように願い出ろ、と父を責めてたがな、父は肯《がえ》んじなかった。側室などになれば、城中の力争いに巻き込まれるのは、あきらかであったからだろう。殿もそれを慮《おもんぱか》って、千代のことは伏せておられたにちがいない」

数馬は再び唾を飲み込んで、口を開いた。

「あの……千代……母上は、どのように思われていたのでしょうか」

初めて出た母上という言葉に、武部はうれしそうに頬を弛める。

「母上が、なにを、だ」

「その、お殿様を、です。力を持つ男が女子《おなご》を恣《ほしいまま》にするという話を、わたしは江戸に来てからずいぶんと聞きました。母上も、そのようなことであったのではないかと、ずっと気にかかっていたのです」

武部は一瞬、目を丸くした。と、次には口をも丸く開けて、笑い出した。

「なんだ、そのようなことを考えておったのか。それはつまらん気煩《きわずら》いだ。殿は今も昔も、そのような無体《むたい》をするお方ではない」

武部は目を笑い涙で潤《うる》ませながら、数馬を見る。

「千代はお城に上がるとすぐに言い出したものよ。お殿様はおやさしい、慈悲深い、あたたかいと、宿下がりをするたびにうるさいくらいに話しをする。わたしはまだお目通りしたことすらなかったからな、妹をやっかんだものだ。まあ、御寵愛まで受けるようになって、やっかむどころではなくなったがな」

武部は笑いながら数馬に頷いた。

「あれは相愛というものだ。千代は命は儚《はかな》かったが、子まで残せたのは果報者よ」

さて、と武部は腰を上げる。

「外に参ろう。そなたに見せたい庭がある」

庭……と首を傾げながら、数馬はあとについて草履を履いた。武部はゆっくりと奥へと進んで行く。数馬が初めて見る風景を見渡しながらついて行くと、やがて屋敷の最も奥に行き着いた。角の部屋が南に向かって広く縁台を張り出しており、その前には小さな庭園が造られている。瓢簞《ひょうたん》型の池の上には石橋が架けられおり、武部はその上に立ち、手招きをした。

「それ、水の中を覗いてみなされ」

その言葉に、橋から池を覗き込むと、数馬は思わず笑みをこぼした。小さなおたまじゃくしが、無数に泳いでいる。

「この庭は二年ほど前に造ったばかりなのだが、表の池から蛙の卵を移して、こうして増やしたのだ。夏になると、蛙が鳴いて、なかなかにぎやかになる。蛙を目当てに白鷺《しらさぎ》もやって来て、目を楽しませてくれるしな。生き物がお好きな大殿様は、伏せっておられるときも、蛙の声を聞き、白鷺を眺められた。秋になれば蜻蛉《とんぼ》も飛んできて、よい風情になるのでな、お慰みのために作ったのだ」

「大殿様のためのお庭ですか……」

数馬は屋敷を振り向き、閉められた障子を見つめた。

武部はそちらに向かって、大きな声を放つ。

「いやぁ、よい天気だわい」

障子が静かに開いた。開けたのは七重だ。その後ろには大殿指田《さしだ》実義《さねよし》の姿があった。

「武部か」

脇息《きょうそく》に肘を預けた実義が、傾けていた身を起こす。

障子に手をかけた七重が口を開けて、数馬を見つめる。

「数馬様……」

武部は数馬の背を押すと、縁台へと近寄って行った。数馬は狼狽しつつも、武部の手に抗《あらが》えない。

「大殿様、御無礼ながら、この者をお目通りさせたく、庭に引き入れました」

数馬はあわてて腰を折り、深々と頭を下げる。

「よい、楽に致せ」

実義の声が耳に届き、数馬は少しだけ、身を起こした。武部の声が隣で響く。

「この者は矢野数馬と申し、かるたの歌を書きましてございます」

おお、と実義の声がもれた。

以前、七重が絵を描いたかるたに、数馬が歌を書いたことがある。かるたを読み、札を取るのが、しびれの残った舌や手の回復によい、と医者に告げられたためだ。できあがったかるたを使っている、ということは、数馬も七重から聞いていた。

「そなた、であったか。面《おもて》を上げよ」

実義の言葉に、数馬はゆっくりと身体を伸ばした。初めて正面から見る実義の姿に、思わず、唾が喉を下りる。右の眉尻にある黒子《ほくろ》は、幼い頃に見たときと変わらない。

「あれは、よい字だ」

少し、もつれがちではあるが、声はなめらかに通る。

「はい」

そう答えたのは七重だった。

「そうなのです。数馬様の書は力がありながら穏やかで、見ていると心が落ち着くのです」

武部も頷く。

「わたしは書のことはわかりませんが、この数馬殿は気性が健《すこ》やかで、よい心映えをしております」

頬が染まりそうになり、数馬は首を横に振る。

「いや……」実義が笑みを含んだ声を返した。「言わずとも、わかる。書は心を映し出すものゆえ、誰が語らなくとも、書いた者の、人柄は計れる、ものだ」

「そうなのです」七重が実義と数馬を交互に見る。「ですからわたくし、もっとかるたを書いていただきたいと思っているのです」

数馬は声を詰まらせた。

「いやまあそれは」武部が取りなす。「数馬殿も仕事があるのですから」

実義がさらに身を起こした。

「浪人のようだが、仕事はなにを、しておるのか」

「は、い」数馬は声の震えを抑えるために、腹に力をこめた。「公事宿におりまして、筆耕《ひっこう》を主にしております」

ほう、と実義の声が落ちる。

「公事宿とは、世のさまざまを、見聞きするので、あろうな」

「はい。学ぶことが多く、目を開かされます」

素直に答える己に驚きを感じながらも、数馬はまっすぐに実義を見た。柔らかな眼差しも、やはりまっすぐにこちらを見ている。

「そうか。学ぶのはよい、ことだ。数馬というたな。また近く来るがよい。かるたの褒美に、そなたに、硯《すずり》をとらせる」

ほう、と武部が声を上げた。

「それはありがたきこと」

「ええ」七重も手を合わせる。「ありがとうございます、大殿様」

「そなたが、礼を言うか」

実義が横目で見て、笑う。

まっ、と口を押さえて、七重は俯いて笑った。武部も朗らかに数馬の背を叩く。

「聞きましたな、数馬殿。近く、また来られよ」

「はい」

数馬が実義に向かって、頭を下げた。

「しかし、硯とはよい物を……」武部が言う。「わたしとていただいたことがない」

「なんと、武部」

実義があきれたように見下ろした。

「そなた、書は、わからぬと、申したであろう」

「はっ、いや、確かに……」

武部が頭を掻く。

庭に笑いがさざめいた。

その庭を、茂みの陰からそっと覗く眼があった。

ふたつの影が、音を立てずに、茂みから後ずさって行く。

「なにやつだ、あの者は」

「矢野数馬と申していたな。しかし、あやつには前にも不審を抱いて、直接に当たった者がおったのだ。したら七重様から我が書の師であると一喝されて、退いたと告げていたぞ」

「ふむ、今も七重様と親しげであったな」

「ああ。七重様は江戸家老様の娘御。よもや父上の御意向に反するようなことはなされますまい」

男達は声をひそめて囁き合う。

「そうよ、その折りにも、そう話し合って落着したのだ。しかし、だ。七重様はなにも御存じないのかもしれんぞ」

「ふうむ、それは考えねばならぬな」

男達は立ち止まって、庭を振り返った。

「そなた、あの者を探れ」

「承知した」

頷いた男は、裏口近くの木陰に、そっと身を潜めた。

三

深川元木場。

勝木屋の座敷に、喜平と数馬が通された。

朝方、市右衛門から、行徳から戻って元木場にいると使いが来たためだ。

前とは別の広い座敷に通され、富右衛門と市右衛門と向かい合った。

すぐに女が茶を運んで来て、ようこそと、手をつく。

以前、訪れたときに息子の松次郎を追って行った母であると気づき、数馬と喜平も会釈を返した。

「内儀のおはまです」

富右衛門の言葉におはまは改めて頭を下げてから、しっかりとした口調で言った。

「いつぞやはお恥ずかしいところをお見せしました」

「いえ」と喜平は、手を上げる。

おはまが出て行くと、市右衛門はほうと、白い頭を振って息を落とした。

「孫もまた放蕩者とは、因果なのか、不徳のせいなのか……しかし、なおさらはっきりさせておかねばいけません。富右衛門や」

「はい」

「焼き印がひとつなくなったのは、兄の杉松を勘当したあとだ。証はなにもないが、それだけは言っておく」

「そうでしたか。わたしもうすうすそう考えることはありました……実は、わたしもお父っつぁんに言っていないことがあるんです。兄さんとは、勘当された一年後に、一度、会ったんです」

「なんだと……」

しわに囲まれた目を見開いて、市右衛門が息子を見る。富右衛門は首を縮めた。

「すみません。兄さんが勘当されたとき、わたしはまた戻って来るように言ったんです。しばらく経てば、おっ父つぁんの怒りも解けるだろうから、戻って跡を継げばいいと。約束どおり、兄さんは夜、こっそりやって来たので、裏の貯木池で話をしたんです。ですけど、そのときにはもうわたしの気持ちのほうが変わってしまっていたので、兄さんには、頭を下げて帰ってもらったんです」

「おはまか……」

市右衛門はしわを深め、気まずそうに数馬と喜平を見た。

「実は、おはまはもともと杉松の許嫁だったんです。勘当のあとは、先方や仲人《なこうど》に詫びを入れて白紙にしようとしたんですが、破談では聞こえが悪い、一度縁談が調ったのだから富右衛門とどうか、と言われまして。当人同士に訊いたら、それでもいいと言うので、そうしたのです」

「はい」富右衛門がさらに首を縮める。「兄が戻ることを考えて、そう答えたのですが……」

皆が富右衛門を見つめる。それに応えるように、富右衛門はやっと首を伸ばした。

「兄さんがいなくなってからは、わたしが跡継ぎとして鍛えられました。いろいろと学ぶうちに、その厳しさがわかりまして、兄では無理だと感じるようになりました。兄さんは根気がないし、飽きっぽい。その上、人の好き嫌いが激しい。多くの人と関わる問屋業は向いていないとわかったんです」

「確かに、生真面目で実直なおまえのほうが向いていると、わたしもずっと感じていたよ。上と下が逆であれば、とおまえ達が子供の頃から、よく思ったものだ」

市右衛門が目を伏せる。

「確かに」喜平が頷く。「こうした大店の主ともなれば、誰にでも務まるというものではないでしょうな」

富右衛門はその言葉に、気まずそうに顔を歪めた。

「いえ。恥ずかしいことです……きれいごとを言いました。実を申しませば、おはまのこともあったんです。おはまと話をするうちに気心が知れて、夫婦になりたいという気持ちが湧いたんです」

「ああ、見ていてそれはわかったよ。丸く収まってよかったと、安心したからな」

市右衛門の言葉に、富右衛門は俯く。

「しかし」数馬が口を開いた。「それで杉松さんは納得したのですか」

「いえ」富右衛門が首を振る。「わたしが跡を継ぐと言ったら、やはり怒りました。殴られて口も切りました。ですが、わたしも腹を据えていましたので、下がりませんでした。いや……正直に言えば土下座《どげざ》をして、詫びたんです」

喜平が頭を振る。

「それはどちらもおつらかったでしょうな」

「はい。その詫びの気持ちもありまして、わたしは市右衛門の名を継ぐことをやめたんです」

市右衛門が重い瞼を上げる。

「なんだ、そういうことだったのかい。意固地に断るばかりだからわからなかったじゃないか」

市右衛門は苦笑を向かいの二人に向けた。

「これは真面目なのはいいんですが、手前のこととなると口が重くていけない。言わなくちゃわからないことでも言わないんです」

富右衛門も苦笑する。

「どうもこればかりは性分で……」

「わかります」数馬にも苦笑が移った。「わたしも気持ちを口にするのは苦手です。最近はやっと少し、できるようになりましたが」

喜平も笑う。

「いやいや。誰もそうです。下手《へた》に言えば、揉めごとになる。いっそ言わないでおいたほうがいいと思うのが人情です。まあ、それがさらなる揉めごとになるのも、世の常ですがな」

「なるほど」とつぶやきながら、市右衛門の顔が神妙になった。

「いや、わたしもえらそうには言えない。実は、話しておかねばならないことがありましてな……富右衛門、おまえはおみよが死んだときのことをおぼえているかい」

「おっ母さんの……はい、十の歳でしたから、はっきりとおぼえていますよ。あの朝、起きたら、大騒ぎになっていて、すぐに医者が来ましたよね。けど、そのあとで呼ばれたときには、もう、おっ母さんは死んでいた。ただ……」

富右衛門は斜めに父親の顔を見た。

「どうして死んだんです、前の晩には元気だったのに。おっ父つぁんが険しい顔になったせいで、なんだか聞きづらくて、そのまま来てしまいましたけど……」

市右衛門は眉間のしわを深める。

「それなんだ。あの朝早くに、おみよは血を吐いたらしい。実はわたしは別の部屋で寝ていたものだから、それを見つけたのは女中だった。わたしが行ったら、布団の上で、血が黒く固まりかけていた。やって来た医者は、黒い血は胃の腑から出るのだと言ってな、ときにはそのまま死んでしまうこともあるという話だった」

「胃の腑からですか」

息子の驚きに、父は頷く。

「ああ、そうだ。気を病んではいなかったかと聞かれたから、そうだ、と答えるしかなかった」

父の顔がつらそうに歪む。

数馬と喜平は、黙って父と息子を見つめた。

「そういえば……」富右衛門が顎を撫でる。「おぼえていますよ、あの頃、なんだか家の中がおかしかった。おっ母さんの顔が怖くなって、おっ父つぁんは晩飯にいないことが多かった。子供心に、妙に家が暗く感じて、いやだった……」

市右衛門が膝の上で拳を握る。

「すまないことをした。お艶なんだ、ことの起こりは……」

数馬と喜平は顔を見合わせる。行徳の家にいた妾の名だ。

富右衛門は頬を引きつらせる。

「お艶さんとは、そんな頃からだったんですか」

「ああ」父が顔を伏せる。「おみよが死ぬ一年前から囲っていたんだ。あれは紀伊から売られて来た遊女でな、おっ母さんと同じなまりだったせいで、ほだされたんだ。懇《ねんご》ろになって身請けして、小さな家に囲っていた。それは男の甲斐性だ、おまえにもわかるだろう」

息子はむっとして口を結ぶ。父はその目から顔をそらして言葉をつなげた。

「だが、おみよは大店の娘で世間知らず。くわえてお艶はひとまわり以上も若い。知られればおみよは黙ってはいまい。そう思って、ひた隠しにしていたのだ。泊まることもしなかったから、怪しまれずにすんでいたんだがな」

誰もがそっと唾を飲み込んだ。

「だが、ある晩、お艶の家で酒を飲んでいると、おみよが乗り込んできたんだ。般若《はんにゃ》のような形相をしてな。そのあとはもう、よくある修羅場《しゅらば》だ」

「はい、めずらしいことではございません」

喜平が大きく頷く。

市右衛門は苦笑して、礼を言うように頷いた。

「男ならわかってくれる人も多いが、女子の前では決して話せません」

「はい、それもわかります」

「いえ、手前にはわかりません」

毅然と言う息子の顔を、父はちらりと見た。

「そうだな、おまえは生真面目だからな。それはおみよに似たんだろう。おみよは子供や手代らの前では抑えていたが、夜になると、わたしを責め立てたものだ。生真面目ゆえによけいに許せなかったんだろうよ。夜も寝ようともせずに責めるのに参り果てて、わたしは仏間で寝ていたのだ。死んでから気がついたことだが、あれは相当、気を病んでいたんだろうよ」

市右衛門は大きく息を吐いた。が、すぐにその顔を上げて、皆を順に見た。

「これはいつか倅には話しておかねばならないと考えておりました。ですが、申し上げたいのは、この恥さらしの裏にあることです」

「裏、ですか」

喜平の問いに、市右衛門は「はい」と頷いた。

「隠していたお艶のことを、どうしておみよが知ったのか。それを問い質《ただ》すと、おみよは一枚の紙を突き出しました。それには勝木屋市右衛門の囲い者、お艶と書かれ、わざわざ家の絵図まで記されていたんです」

「告げた者がいたのですか」

数馬の驚きに喜平も身を乗り出す。

「その紙は、お持ちですかな」

「いえ」市右衛門は歪んだ顔を振る。「その場で破り捨てましたから」

息子が父を覗き込む。

「いったい誰が、わざわざお母っさんにばらしたんですか」

「ああ、そこなんだよ、一番に言いたかったことは。おみよに質すと、どこかのお人がおみよへの書状だと言って、丁稚《でっち》に渡したらしいんです。丁稚に聞いたら、若い男ということしかおぼえてませんで、結局、どこの誰か、調べようもないまま……わたしはそれも尾張屋か木立屋の嫌がらせじゃあないのかと勘ぐったんですが、そのままわからずじまいです」

ううむ、と喜平が腕を組む。

「それは確かに考えられますな。家にいざこざが起きれば、どうしても仕事から気が逸れて隙ができる」

「はい、実際に気が入らなくなって、信用を落としました。人の噂にも上って、笑い者になりましたし……」

「だとすると」数馬が喜平を見る。「富右衛門さんの言うように、今回の虎市さんとの揉めごとにも、どちらかが関わっていそうですね」

「ふうむ。それは大いに考えられますな」

「はい」市右衛門も身を乗り出す。「わたしも倅から話を聞いて、そう思いました」

「問題は……」喜平が天井を見る。「まず焼き印です。杉松さんが持ち出したとしたのなら、誰かに売ったか、譲り渡したか……」

「兄さんなら、怒りにまかせて、商売敵《がたき》に渡しかねない」

富右衛門がつぶやく。

「ふうむ、その相手が誰か……それがわかれば解決するんですが」

喜平が数馬を見る。

「尾張屋さんのようすは見に行ってくださったんですな」

「はい。若い主がいました。表向きは穏やかそうでしたが」

「ええ」富右衛門が頷く。「先代さんが去年に亡くなって、継がれたんですよ。わたしもまだ人柄はよくわかりませんが」

「なんと」市右衛門が口を開く。「あの先代は死んだのか……問屋の寄り合いではしょっちゅう、嫌味を言われたものだが」

「ええ、風邪で寝込んでそのまま亡くなったそうですよ」

ふうん、と市右衛門は口を曲げる。

「死ねば胸がすくと思っていたが、そういうものでもないな。思い出すとやはり腹が立つわ」

「おっ父つぁん……」

富右衛門がきまり悪そうに父を制す。

「いやいや」喜平は笑う。「そういうものですよ、人の心は。皆、口に出さないだけです。それで尾張屋の先代さんのお人柄がよくわかりました。して、数馬様、覗いてみてなにかわかりましたかな」

「いいえ。ただ、若い手代さえも御公儀御用を鼻にかけて、町方を小馬鹿にしているのがあからさまでした」

「はいはい、そういうお店なんです」

市右衛門が鼻をふくらませる。喜平はそれに笑いながら、腕を組んだ。

「あとは木立屋さんか……」

数馬が頷く。

「帰りに、木立屋を少し覗いて行きます。富右衛門さん、木立屋の場所を教えてください」

「はいはい」

そう答えたのは、市右衛門のほうだった。

教えられた木立屋を、数馬はこっそりと見に行った。

広い間口に若い男達が出入りしている。

店の中から端材を抱えた丁稚が出て来て、道に放り投げる。それを見た手代が怒鳴り声を上げた。

「馬鹿野郎、投げるんじゃねえ。そいつも売り物になるんだ」

丁稚はたちまちに小さくなる。

ふうむ、こちらは端材まで売るのか……。そう独りごちながら、数馬は路地から店の裏手へとまわる。方形の貯木池は大川から水を引いているらしい。池には多数の材木が浮かんでおり、その上に器用に男達が乗っている。

「なんですかい、お侍さん」

後ろから声がかかった。

振り向いた数馬を舐めるよう見ると、男はくいと顔を斜めに上げて、左頬の刀傷を見せつけた。

「なにか御用で」

「ああ、いや」

数馬は胸の内で失笑する。刀傷はたいそうな誇りらしい。だが、笑いは微塵も出さずに、数馬は池を指さした。

「この水は大川から引いているのかと思って、見ていたのだが……」

「ああ」男は気が抜けたように頷く。「へい、そうでさ」

男は顎をしゃくって、細い水路を示した。

「あっこから水を引き入れるんでさ。この辺は上げ潮になると海の水が上がるんでいいあんばいになる。塩水が入ると虫がつきにくくなるんで」

「ほう、なるほど」

感心する数馬に、男が胸を張りつつ顔をしかめる。

「けど、やたら人が入るのは困るんですがね」

「ああ、わかった。もう行く」

数馬は笑みを作ると、踵《きびす》を返した。が、途中で振り返って、足を止める。池の端に羽織姿の男が出て来たのが目についた。皆が腰を曲げているのを見ると、主らしい。

五十過ぎぐらいか……。数馬はそう目星をつける。が、先ほどの男がこちらを見たのに気づき、背を向けた。今日はこれくらいでよいだろう……そう、己につぶやきつつ、表に出る。そのまま、永代橋へと足を向けた。

永代橋は相変わらず人の行き来が多い。

橋のゆるやかな勾配を上りかけて、数馬はその足を止めた。

人が流れて行く門前町の方角を振り返る。その先の富ヶ岡八幡宮の裏手には、秋川藩の下屋敷がある。

硯か……。大殿実義の言葉を思い出して、数馬の口元が弛んだ。七重殿の言うとおり、大殿様は本当によいお人柄なのかもしれないな……。そうつぶやきつつ、数馬は顔を引き締めて、また橋を上りはじめた。

下屋敷。

実義はいくつもの硯を並べて、手に見比べていた。

「これが、よいか」

丸い硯を手に取ると、実義は傍らの武部を見た。

「はい、大きめで使いやすそうですな。若い者にはよいのではないでしょうか」

頷く武部の顔を、実義は改めて見つめる。

「あの者は、縁《ゆかり》の者か」

武部は一瞬、眼《まなこ》を泳がせると、その眼差しを笑みに変えた。

「はい、さようでございます」

「そうか」

実義は宙を見つめ、頷いた。

四

朝の風を入れようと、数馬は起きしなに窓の障子を開けた。

薄曇りの空から、光が差し込んでくる。見上げた数馬は、ふと、その目を下へと向けた。向かい側から人の目を感じたのだ。目を向けた方向は、玄関並びの客部屋らしく、窓には格子がはまっている。障子が開いているが、人の姿はなく、動くものもない。

気のせいか……口中《こうちゅう》で独りごちると、数馬は障子を閉めた。さて、飯だ、と今度は口に出しながら、台所へと向かう。

最近は膳を運ぶのが面倒になり、朝餉は台所で伊助と食べるのが常になっている。

残り物で作る賄い《まかな》飯《めし》がことのほかうまい、というのを知ったのも大きい。

挨拶をして入ると、伊助はちょうど汁を冷や飯にかけているところだった。

「今日の汁はなんですか」

数馬が椀を受け取りながら尋ねると、伊助はにやりと笑った。

「昨夜、捌《さば》いた目張《めばる》のあら汁でさ」

二人は板間に向かい合って、食べはじめた。刻み葱《ねぎ》を散らしたぶっかけ飯は、なんともいえないこくが飯粒に染み込んで、舌を喜ばせる。

数馬は食べながら、先日、勝木屋親子から聞いた昔話を伊助に伝えた。

「へえ」伊助は眉を動かす。「その妾をばらされたってえ騒動は、いつのことだったんですかい」

「富右衛門さんが十の頃だったという話です。今年、富右衛門さんは四十一だと言っていましたから、三十一年前ですね」

「へえ、その勘当された兄さんってえのは、いくつ上なんで」

「三つ年上と言っていましたから、その時は十三ですね」

「ああ、そりゃあ、業《ごう》だ」

伊助は首を振って、空になった椀を置いた。数馬も箸を置きながら、首を傾げる。

「それも業、なのですか」

「ええ、十の子供だったら、家の中でなにか揉めているのはわかっても、なにが起きているかはわかりゃしません。けど、十三ならだいたいのことは察しがつく。ちょうど色気づく年頃ですからね、親父の浮気でおっ母さんが般若になったってことは、まあわかるもんでさ。兄さんと弟では、ずいぶんと気持ちがちがったでしょうよ」

「なるほど……不運がいくつの時に起きるか、というのは確かに選べることではないですね」

「ええ、あっちからやって来るものはどうしようもねえ。けど、それが不運とは限りませんや」

「え……」

きょとんとする数馬に、伊助は小さく首を振る。

「災厄や苦労ってえのは、それ自体が悪いってえわけじゃねえ。それで磨かれて伸びるやつだって多い。災厄に遭うのは業だが、伸びるか潰《つぶ》れるかは業じゃありません。てめえ次第でさ」

「なるほど……」

「業は誰もが背負っているもんだ。それを花にするか泥にするかは、天や人が決めることじゃねえ。てめえにしか選べないもんでさ」

溜息混じりの言葉に、数馬は黙って頷いた。

伊助は白湯《さゆ》を茶碗に汲んで梅干しを落とし、それぞれの前に置く。

「で、その杉松って兄さんは、放蕩もんになったたって話ですよね」

「ええ、市右衛門さんは、そのことに負い目めを感じたようなのです。妾を囲ったせいで家の中が荒れ、おまけに妻まで気を病んで死んでしまった……息子が道を外れたのもそのせいだと感じて、目をつぶってしまったのだと言っていました」

「そうしたら、ますます道を逸れていったってえわけですね、よくある話だ。兄さんはいくつの時に勘当になったんで」

「十九の時だということです。弟の富右衛門さんが十六だったと言っていました」

「二十五年前ってことか……そりゃあ、人も変わるし、お店も変わる。代替わりだってするのが当たり前だ」

「ええ。勝木屋も尾張屋も代を継いでます。しかし、木立屋の主は遠目でしたが、けっこう年がいっていました。代替わりしていないかもしれません」

「ははぁ、当時、二十代だったとしたら、確かに、まだ隠居していないってえのも考えられる。まあ、そっちも近いうちに探りに行きましょう」

「はい」

数馬は白湯を口に含んだ。梅干しがつんと香り立つ。

業か……と、腹の底で独りごちる。泥でなく花に……できるのだろうか……そう己に問いながら、白湯とともに梅の実を口に含んだ。酸っぱさに、その顔が歪んだ。

陽が中天から落ちはじめた午後。

友吉が急ぎ足で暁屋の玄関に飛び込んで来た。

「お奉行所からの差紙《さしがみ》が出ましたよ。勝木屋さんのお白州の日が決まりました」

「おお、そうか」

喜平は、友吉が差し出した細長い文箱の蓋を開ける。

「では、明日にでも勝木屋さんと虎市さんのところへ、この呼び出し状を届けに行っておくれ」

「はい」

友吉が大きく頷いた。

虎市が大工道具を片付けるのを、左内は道を通りながら横目で確認をした。

仕事が終われば、あとは湯屋へ行って帰るというのが虎市の日課だ。ときどき屋台で買い食いをしたりはするが、仲間と酒を飲んだりはしない。棟梁が跡継ぎにと考えているのを皆、知っているらしく、どこかよそよそしく見える。

道具箱を担いで歩き出す虎市のあとを、左内は間合いを置いてついて行った。来るたびに結局なにもないままに終わるため、左内は散歩のような気分になっている。が、その気楽な足取りが止まった。虎市の背中を見つめて歩く男に気がついたのだ。鼠色の着物をだらしなく着た若い男は、足の速い虎市に合わせて、あとをついて行く。左内も慌てて足を速めた。

しかし、虎市には、男に気づいているようすはない。いつも通る道を行きつつ、とちゅうでその足の向きを変えた。天ぷらの屋台に近づいて行く。

鼠色の着流しもぶらぶらと気まぐれを装いながら、その横に並んだ。左内もまた通りすがりの気まぐれを装って、屋台へ近づいた。油のはぜる音とともに、香ばしい匂いが漂っている。

虎市は道具箱を足下に置いて、大皿に並んだ天ぷらを見ている。

「おやじ、はぜをもらうぜ」

そう言うと、小さな白身魚の串刺しをつまんだ。揚げたてで湯気が立っており、虎市はふうふうと息を吹きかける。猫舌らしい。

着流しの男は横に立つと、いきなり小海老の串を取って、天つゆにざぶりとつけた。冷めたのを見込んだらしい虎市は、天つゆは先だけつけて、口に入れる。

左内は後ろで、空くのを待つふうを装って立った。

着流しの男が、虎市の横顔を見る。

「兄さん、虎市さんだろう」

はぜを頬張った虎市は、怪訝さを顕《あら》わにして男を見る。

「誰だい、あんた」

「ああ、おれは六《ろく》ってんだ。なに、安芸屋の棟上げの時に、たまたま下を通ってよ、兄さんの威勢のいい声を聞いたのよ」

「ああ、あん時か」

虎市ははぜを飲み込んで頷いた。手は小柱《こばしら》の串に伸びる。六と名乗った男も、穴子《あなご》の串をつまみ上げ、愛想のいい笑いを向けた。

「虎市さんは勝木屋相手に怯《ひる》まねえって、もっぱらの評判だぜ」

「いや、ただ筋を通したいだけさ」

虎市は今度はうさんくさげに六を見る。

「お侍さん」

左内に向かって手がひらひらと振られた。天ぷら屋の親父が自分の隣を指し示す。

「こっちにどうぞ」

「あ……おう、そうか」

左内は反対側にまわり込んで、屋台の陰に立った。手だけを伸ばして、いかの天ぷらを天つゆにつけた。弾力のあるいかを噛みながらそっと向かいを覗うと、虎市は仏《ぶっ》頂面《ちょうづら》で天ぷらを食べ続けていた。

六は肩をすくめて、また隣に笑いかける。

「なに、おれは別に怪しいもんじゃねえ。ただ、仲間になれるんじゃねえかと思ったのさ。勝木屋が相手なら、な」

虎市はそれには答えずに、黙って懐から財布を出した。

「おやじ、天ぷら六本、二十四文、ここにおくぜ」

「へい、まいどあり」

虎市は道具箱を担ぐと、初めて六に向き合った。

「おれぁ仲間はいらねえ。悪いな」

そう言うと、またくるりと背を向けて、足早に去って行った。

六はそれを振り返りながら、ちっと舌を打つ。

左内はそっと六の顔を覗った。苦々しげに歪んだ顔が、そこにあった。

夕刻。

数馬の耳に、階段を上ってくる音が響いた。

「数馬、おるか」

新一郎の声だ。

返事を返す前に、新一郎は襖を開けていた。

「おう、いたか」

「どうしたんです」

数馬は息を荒くした新一郎を招き入れながら、その上気した顔を見た。

新一郎が起居している上屋敷は芝《しば》の愛宕下《あたごした》にあり、ここまではいくつもの町を抜けなければならない。

「走って来たのですか」

暑そうなようすに、数馬は窓の障子を開けた。

「いや、少し急いだだけだ」

新一郎は息を整えて、どっかと座る。向かい合った数馬を見ると、その上体を乗り出した。

「そなたに知らせておいたほうがいいと思ってな。これはまだ噂なのだが……七重様に縁談が持ち上がっているそうなのだ」

は、と目を丸くする数馬に、新一郎は顔をしかめる。

「縁談だ」

もう一度、繰り返した。

大きく開いたままの数馬の瞼を見つめて、新一郎は眉を寄せて頷く。

「まあ、まだそれだけの話で、相手もなにもわからんのだがな、一応、耳には入れておこうと思うたのだ」

数馬がぐっと唇を嚙む。

二人のあいだに、窓から吹き込んだ風が通り過ぎた。

その窓を、道から見上げる若い侍がいた。男は後ろを振り向き、向かいの公事宿を見た。窓の障子が細く開き、男の目が覗いているのを確認する。二人の目が、小さく頷き合った。

侍は身を翻すと、その公事宿に飛び込んだ。

外を覗いていた男が、襖を開けてその侍を迎え入れる。

「佐々木《ささき》、何者だ、今の男は」

「ああ、上屋敷からつけてきたのだ」

佐々木は答えながら、窓に近づく。

「定之《さだゆき》そなた、ずっと見張っていて、やつを見たのは初めてか」

「ああ。といっても、ここに入ってまだ数日しか経っておらんがな」

「そうか……」佐々木は顎をしゃくる。「あやつは田崎新一郎というて、つい最近、国から出て来た男でな、動きを探るようにと命じられたのだ」

「なにゆえだ」

「うむ、あやつは例の山名総次郎の従兄なのだ」

「従兄」

二人の眉がつり上がる。

「では、やはりあの矢野数馬は……」

二人の顔が上下に重なり、障子の隙間から、窓を見上げた。

第四章　探る男

一

秋川藩下屋敷の裏口を、数馬はそっと開けて身をくぐらせた。

意に沿わぬ縁談で七重は気が塞《ふさ》いでいるのではないか……そう考えると、じっとしていられなかった。が、とりあえずは井上武部と会うのが筋だと、奥の七重の部屋を気にしながら、武部の居室へと向かう。

廊下の障子が開いており、ちょうど人影が去って行くところだった。

数馬が覗き込むと、障子を閉めようとしていたのか、武部はすぐ前に立っていた。

「おお、数馬殿、よかった、待っておったぞ」

武部は廊下に出ると、数馬を手招きで上に招いた。

「さ、参ろう」

「は、どちらにですか」

「決まっておろう。大殿様のところよ。硯を頂くことになっているではないか」

「今ですか」

「そうだ。どうせ七重様は部屋におられぬ。大殿様のお呼びで探しているのだが、どちらに行かれたのかわからぬのだ。それより、大殿様はあれ以来、そなたが来るのを待っておられたのだ」

「それは……」

うろたえる数馬の声を無視して、武部はすたすたと廊下を進んで行く。ついていく数馬は、じょじょに緊張で喉が強《こわ》ばりはじめていた。

突き当たりで武部が名乗ると、すぐに襖が開いた。

「さ、参られよ」

武部は数馬を振り返りながら奥へと入って行く。陽の差し込む明るい部屋に入ると、数馬は武部に倣《なら》って膝《ひざ》をついた。

「ごめんくだされ」

「おお、来たか」

大殿実義は文机から顔を上げた。

「ちょうどよい、近《ちこ》う参れ」

その声に、数馬は武部に続いて膝行《しっこう》する。

実義は手にしていた筆を置いて、半紙を持ち上げた。

「硯を出して、見ていたら、書きたくなってな、なんども筆を動かしているうちに書けるようになった……どうじゃ」

実義は半紙を掲げて見せる。墨の黒が力強く踊っている。

「ほう、これは見事。以前と変わりありませんな」

武部が頷き、数馬も見入った。聞いていた以上に達筆だ。

実義は傍らから木箱を取り上げると、数馬に差し出した。

「これはほうびだ。取るがよい」

丸い硯の入った箱を、数馬は受け取り、硬い石の肌に触れた。

「これは貴重な物……わたしには過ぎたるものかと思います」

「よい。物は、それにふさわしき者のところへ、行くものだ」

実義は改めて数馬の顔をじっと見つめる。

「そなたも筆を持て。ともに書を致そう」

実義は小姓に命じて畳の上に毛氈《もうせん》を敷かせ、その上に画仙紙《がせんし》を拡げさせた。その前に移動すると、やや重そうな右足を手で支えながら、正座をした。

「おお、正座がおできになられるように……」

武部の声に実義が微笑む。

「日々、鍛錬をしておる」

実義は背筋を伸ばすと、真っ白い紙を見下ろした。ゆっくりと筆に墨をつけ、しばし、筆の先を見つめる。すっと息を吸うとそれを止め、筆を下ろした。筆の流れとともに、息も流れ出る。数馬と武部はその運筆を息を殺して見つめた。

〈天時不如地利〉

力強くそこまでを書くと、実義は筆を硯箱に戻して、数馬を見た。

「どうか。続きを書けるか」

実義は身体をずらして、数馬のために場所を空ける。数馬は膝行して、その場に正座した。実義の息づかいを感じるようで、胸の動悸が高鳴る。緊張する数馬に、隣の腕が動いた。

「使うがよい」

ついと差し出された硯箱を、数馬は一礼して脇に引き寄せる。腹に力をこめ、己に落ち着け、と言い聞かせる。筆を手に取ると、残っているぬくもりが伝わった。それが不意に気持ちを落ち着かせ、数馬はゆっくりと筆先を墨に浸した。しばし息を整えると、やはりすっと息を吸って筆を下ろす。そこからは一気呵成《いっきかせい》に筆を滑らせた。

〈地利不如人和〉

そう書き終えて、数馬は筆を置いた。腰を伸ばして全体を見る。と、己の書がはるかに見劣りするのがわかって、思わず顔を歪めた。

「ふむ」実義の穏やかな声が上がる。「読んでみよ」

「はい」

数馬は頰を引き締めて息を吐く。実義と武部の目を感じながら、数馬は腹からの声を放った。

「天の時は地の利に如《し》かず、地の利は人の和に如かず」

「うむ。意味は」

「はい。孟子《もうし》の教えです。天運の下された好機も地の利には及ばず、地の利も人の団結には及ばない」

言い終わって、数馬はおそるおそる実義を見た。実義は眼を細めて頷く。

「ふむ。よい」

武部は膝で進みながら、満面の笑みを拡げた。

「はいはい、申し上げたとおりでございましょう、大殿様。この数馬殿はなかなかの出来なのです」

うむ、と実義はゆっくりと座に戻り、改めて数馬を見た。

「そのほう、学問は好きか」

「はい。書を読むのは好きです」

武部がうんうんと頷いて、問いを受け継いだ。

「孟子のほかにはなにを読まれた」

「はい。孔子《こうし》の『論語《ろんご》』、司馬遷《しばせん》の『史記《しき》』、それに、『信長公記《しんちょうこうき》』や『太閤記《たいこうき》』、『義経記《ぎけいき》』にも熱中致しました」

実義が微かに眉を寄せる。

「戦記が好きか」

「え……いえ、好きというか、物語としておもしろく読んだ気が致します」

「戦《いくさ》はどうか」

「戦、ですか。戦は見たことがないので、なんとも判断がつきません。されど、戦のない世に生まれてよかったと思っております。あ、これは武士としては心得ちがいかもしれませんが……」

慌てる数馬に、実義が頰を弛める。

「よい。余も無益な戦いや、殺生は好かぬ」

数馬はこれまでの力が抜けていくのを感じて、初めて口元が弛んだ。実義もそれにつられたように、微笑みを浮かべる。

「されど、公事宿におれば、争いごとを見るであろう」

「はい。世には諍いごとが多いのだと知りました。心根の悪《あ》しき者もおり、時には争いも避けえないのだと、今は日々、学んでおります」

「ほう、そなたも争うのか」

「は、い。時には……ですが、殺生は致しません」

「では、どのように致す」

ぐっと数馬は詰まりつつ、言葉を探す。

「力を振るう者は力をそぎ、財で無謀をする者は財を削り……そして、痛みを身をもって知らせます。懲《こ》らしめる、といいましょうか」

「ふむ。懲らしめる、か。それでその者は、よくなろうか」

「それは……わかりません。しかし、邪《よこしま》な者の周囲には、必ず苦しめられている者がおりますから、その助けにはなると考えております」

「なるほど」

実義はまじまじと数馬を見つめる。

「そなた、武部よりちらと聞いたが、親御がすでにおらぬそうだな」

「あ、はい」

数馬の声がうわずり、顔が下を向く。

「病か」

「いえ……その、さる事情によりまして……」

数馬は横目で武部を覗った。武部は素知らぬ顔で上を見ており、真意がつかめない。

どうすればよいのか……頭の中でぐるぐると言葉を探ったあげく、数馬はとっさに笑顔を作った。

「ですが、今は公事宿暁屋の人々が、わたしの家族と同じようなものなのです」

ふむ、と実義が顎を引き、さらに言葉を選んでいるかのように、口元を開こうとした。が、そこに人の足音が入って来た。

「失礼致します」

遮ったのは、小姓だった。

「医者の玄庵《げんあん》先生がお見えになりました」

実義は顔を向ける。

「医者はもういらぬ、と申したであろう」

小姓がはっと身を折る。が、後ずさろうとした小姓に、実義は手を上げた。

「ああ、いや、待たしておけ。薬を出させよう」

「なんと」武部が膝で進む。「薬とは、どこかお悪いのですか」

「そうではない。より快癒するための薬だ。いつまでも、こうしてはおられぬ」

「はあ、なるほど、安堵安堵」

武部はそう言いながら、腰を浮かせた。

「では、我らはこれでおいとま致します。大殿様の御快癒は皆の願いですから、邪魔をしては天罰が下りますゆえ」

武部は手を伸ばして数馬の腰をつついた。

「あ、はい。御無礼致しました。硯もありがたく頂戴してまいります」

数馬も深々と頭を垂れると、賜り物の硯を抱えて立ち上がった。

あわただしく後ずさる二人に、実義はしかたなさそうに頷く。

「大儀であった」

はっ、と頭を下げて、二人はしばらく下がったあとに、背中を向けた。

部屋を出た数馬は、ほうと大きな溜息を落とした。

「うまくかわしたな」

武部がそっとささやく。

「いえ、汗が出ました」

数馬は手を握りしめる。

そこに前から小姓がやって来た。

「井上様」

「ふむ、なんだ」

小姓は腰をかがめて小声で言う。

「七重様がおられました」

「なに、どこにだ」

「はい、裏庭の道場に……」

武部と数馬は顔を見合わせた。

庭を歩きながら、数馬は武部の横顔を覗き込んだ。

「あの、大殿様にはわたしのことをどのように話されたのですか」

「ふむ。心配致すな、生まれのことは言うておらん。わたしの一存で進めてよいことではないからな。しかし、対面をさせれば大殿様のお心が動くであろう、というのは国元の方々の御意向だ」

「国元の……」

「ああ、そなた、国におられる大目付の片桐膳右衛門《かたぎりぜんえもん》様はおぼえておるであろう」

「はい。国の屋敷にも見えられましたし、この屋敷でもお会いしました」

「うむ。あのお方はお国家老佐竹《さたけ》様の懐刀《ふところがたな》であられるのだ。わたしもそなたとともにお会いして以降、書状のやりとりをしている。そなたの人柄なども伝えているのでな、国の方々はますます強気になられているのだ」

「そんな……わたしなど……いえ、そもそもそのようなことには……」

うろたえる数馬に、武部がぴしゃりと言う。

「なにを言うておる。そなたにはそなたなりの負うた荷があるのだ。背負うた荷は、どこに逃げても降ろせるものではないぞ」

数馬は口を噤《つぐ》んだ。

武部は振り向きもせずに先を行く。

庭木の下を抜けてついて進むと、その先に小さな道場が見えた。

「このようなところに道場があるのですね」

見上げる数馬に武部が頷く。

「下屋敷はどうしても気が緩みがちになるのでな、大殿様が造らせたのだ」

中から高い声が漏れ聞こえてくる。

「ごめん」

武部が引き戸を引いた。

声がやむ。

薙刀《なぎなた》を手にした七重が、ひとりそこにいた。たすきを掛け、額には白鉢巻きを締めている。

「まあ」

二人が入って行くと、七重は慌ててたすきを外し、顕《あら》わになっていた腕を隠した。が、満面の笑顔で寄って来る。

「お見えだったのですか」

数馬は手にした薙刀を見上げて、口を開けた。

「薙刀、ですか」

「はい。久しぶりの稽古なので、重く感じます」

そう言いながら、薙刀を横にして壁に掛ける。

塞いでいるのではないかという懸念は消えたものの、思ってもみなかった姿に、数馬は口を閉じることができない。七重はその表情に、ふふと笑って見せた。

「戦《いくさ》の準備をしているのです」

「は、戦、ですか」

「はい。先日、姉上から書状が届きまして、父上がまたわたくしの縁談を画策しているようだ、と知らせてくださったのです」

「縁談……」

数馬は知らぬふうを装って、目を見開く。武部は溜息をついた。

「その噂はわたしも小耳に挟みましたがな、相手は誰だというのです」

「姉上もそこまでは、まだ知らぬようです」七重が首を振る。「なれど、また加瀬《かせ》殿の策謀にちがいありません」

「加瀬殿とは」

数馬の問いに、武部が答える。

「勘定役組頭《かんじょうやくくみがしら》です。江戸屋敷の出納《すいとう》を、一切合切《いっさいがっさい》、管理しているのです」

「ええ」七重が鉢巻きを外しながら、頷く。「父上の腰巾着《こしぎんちゃく》ですわ」

「これこれ」武部が外に目を向けながらたしなめる。「姫君のおっしゃることではありませんぞ」

「かまいません。わたくしは父上にとってはただの手駒。姫などではありません」

七重は鉢巻きをたたみながら、数馬を見た。

「わたくし、負けません。まだ、お相手などが詳《つまび》らかになっていないので、策は練りようがありませんが、こうして、気構えは調えているのです」

ふん、と鼻をふくらませたその表情に、数馬は笑いを吹き出した。

「そうですか……いや、安心しました」

「やれやれ。これでは奥ゆかしい奥方になどはなれますまいに」

武部が腕を組む。

「はい、そのようなものになりたくありません」

七重も腕を組んでみせる。武部は息を落とすと、踵を返した。

「わかり申した。さ、七重様、大殿様がお呼びですから、参りましょう」

「あら、そうでしたか」

三人は道場から明るい空の下へと出た。

庭を歩きながら、七重は数馬を見て微笑む。数馬は胸に動悸を感じて、思わず目をそらした。さまざまな思いが胸中を行き交って、まっすぐに見返すことができない。

「では、ここにて」

武部が立ち止まって、数馬を見た。

「はい、失礼致します」

そう頭を下げる姿を、七重が少し不安げに見るのに気づき、数馬は笑みを作った。

「元気そうでよかった。また、猫を見に参ります」

「はい、お待ちしております」

七重が笑みを浮かべている。

「いや、ついでに見送ろう」

武部は数馬の背を押すと、裏口へといっしょに歩き出した。後ろから、抑えた声で数馬の耳にささやく。

「話があるゆえ、近々、暁屋に参る」

数馬は目で振り返った。

武部は黙って頷くと、数馬の背を外へと押し出した。

二

翌日、夜。

喜平に呼ばれて、皆が集まった。

「さて、三日の後には勝木屋さんのお白州です。父の市右衛門さんが引き合い人として出てくださるので、こちらに分《ぶ》がありますか。ですが、左内様から少し、気になる話が出ました」

喜平の目配せで、左内が口を開いた。

「大工の虎市に男がひとり、近づいて来た。虎市のほうは知らぬふうで、男は六と名乗っておった」

「若いやつですか」

伊助の問いに、左内が頷く。

「うむ、二十六、七というところだろう。背は高くないが、怒り肩で歩くぞろっぺえだ」

「ぞろっぺえ……」

首を傾げる数馬に友吉が答える。

「着物をだらしなく着た遊び人ふうのことです」

「なるほど」

「うむ」左内が頷く。「そのぞろっぺえが、虎市に仲間になろうと誘ったのだ。勝木屋相手なら、と言ってな。だが、虎市は仲間はいらないと断った」

「ふうむ」喜平が口を歪ませる。「虎市さんは知らない相手だった、ということですからな、裏で結託していたわけではない、ということです。すると、何者か……」

ああ、と左内は片目を細める。

「あとをつけようとしたのだが、すぐに人混みに紛《まぎ》れてしまってな、見失ってしまったのだ」

数馬が問う。

「その男、もっとなにか特徴はなかったのですか」

ううむ、と左内が上を見た。

「おお、そうだ、目だ。右目は一重瞼《ひとえまぶた》だが、左目が二皮目《ふたかわめ》だった」

「一重と二重ですか。近くで見ればわかりますね」

「そうですな。しかし、勝木屋さんには商売敵《がたき》が多いということですかな」

喜平の渋面《じゅうめん》に伊助がああ、と声を落とした。

「勝木屋さんは紀伊の出だとおっしゃいましたよね。紀州藩《きしゅう》の吉宗様《よしむね》が公方様《くぼうさま》になられて以来、紀伊の商人が勢いをつけましたからね、古い者にはそれがおもしろくないんですよ」

「なるほど」

皆の声が重なる。

「やはり忍びというのは世の動きに通じているのですね」

数馬がつぶやくと、伊助は苦笑した。

「いや、今はただの飯炊き。だのに、町や市場では、つい人の話に耳がいっちまう。身に染みついた癖ってえのは、消えねえもんです。そら、お侍が背中を丸めることができねえのと同じでさ」

そう言われて数馬は、ぴんと伸ばした背筋に気づき、笑いをもらした。

「しかし」左内が伊助を見る。「伊助さんは侍や商人にすぐに変わることができるであろう。あれはすごいと思うが、元の姿というのはなんなのだ」

「へい、元がないのが忍びってもんです。己を持たぬように育てられますんで」

「ふうむ」喜平が頷く。「己がなければこだわりもないでしょうな。それはいい生き方かもしれない」

「いやぁ。確かに、こだわりは苦を生みますが、楽しみも生むもんです。ほどほどにあるのが一番じゃねえですかい」

「なるほど、それはそうだ。だが、公事で人の諍いばかりを見ていると、こだわりと欲がわざわざ苦を生み出しているように思えてなりませんでな、人の業を感じて、ときどき、嫌気《いや》がさす。まあ……そこに巻き込まれるのが公事師の業なんでしょうが」

喜平は皆の顔を順に見た。

「今は勝木屋さんの公事をやるのがわたしの業。とりあえずはお白州を待ちましょう。これでお沙汰が下りれば、一件落着です」

はい、とそれぞれが頷き合った。


「こんにちは」

昼下がりに、暁屋に市右衛門が姿を現した。

「これはこれは、どうぞお上がりを」

喜平が出て行くと、市右衛門は「いえいえ」と首を振った。小さく振り返って、後ろに控えている丁稚を目で指す。

「出かける途中でして……。実はこの鶴吉《つるきち》が、倅といっしょに安芸屋さんの折れた梁を見に行ったと言うので、話を聞いていたんです。そうしたら、黴《かび》が甘い匂いがしたというもんで、ちょっと気になりましてな、わたしどももちゃんと見ておこうと思いまして。二人で向かっていたら、お白州も明後日ですし、暁屋さんは近くだと申すもので、御挨拶に寄った次第です」

「そうでしたか、これは御丁寧に。わたしもいっしょに行きましょうか」

喜平の言葉に、市右衛門はまた「いえいえ」と首を振る。

「お忙しいのにそんな御面倒はかけられません。なに、見てくるだけですから、大丈夫。なにかありましたら、帰りにまた寄りますので」

「はい。では、お気をつけて」

喜平は、かくしゃくとした足取りで出て行く市右衛門を見送った。

朝餉をすませて、数馬は部屋へと戻って来た。
出るときに開け放した障子を閉めるために、窓へと寄る。そこからそっと、斜め下を覗いた。向かいの公事宿のひと部屋がそこにある
ここしばらく、その部屋の窓が気になっていた。障子が少し開き、そこから見られ

ているような気配が感じられたからだ。

しかし、今は障子が大きく開け放たれ、中に夫婦らしい町人の姿が見える。

気のせいだったか……そう、独りごちて、数馬は晴れ晴れと身を乗り出した。

道を行き交う人々を漠然と眺める。と、その目が動いて、数馬はさらに身を乗り出した。見知った姿が、こちらに向かって歩いてくる。

「井上様」

声を出すと、井上武部は上を向き、手を上げた。

下へ降りていくと、すぐに武部の姿が玄関に現れた。

「来たぞ」

笑顔で草履を脱ぐ。と、そこにまた外から人が入って来た。田崎新一郎だ。

驚く数馬に笑顔を向けながら、新一郎は武部に会釈をする。武部は数馬を見上げて、小声で言った。

「使いを出して、呼び寄せたのだ」

「そうでしたか」

数馬はあわてて台所で茶の入った土瓶をもらい、二人を部屋へと誘った。

胡座をかいた武部は、さて、と数馬を正面から見た。

「先日、七重様の言うておられた加瀬殿のことを話しておこうと思うてな。加瀬嘉門《かもん》といって、江戸藩邸すべての勘定を仕切っておる男だ。藩が資金繰りとして、江戸の土地をあちらこちらに買っていることは知っておるであろう」

「はい。大名家はどこもしていること、と聞きました」

「さよう。だが、大名の名で買うわけにはいかぬから、重臣の名で買うのがふつう。江戸家老望月様の名で買われた土地もあるが、多くはこの加瀬嘉門の名で買っている。御家老様の命《めい》を受けて、実際に動いているのが加瀬殿、ということだ」

新一郎が身を乗り出す。

「そのようなことをしているとは、国ではまったく知らないままでおりました」

「ふむ、そうであろう。国元で知っているのはごく一部の重役だけだ。勘定奉行の田《た》部《べ》井《い》様が、江戸からの帳簿を受けて最もよく把握しておられる。が、この帳簿が問題になった」

「問題、ですか」

顔をしかめる数馬に、武部も口を歪める。

「そうだ。しばらくは気がつかなかったらしいが、近年になって田部井様が不審を持たれたそうだ。江戸屋敷の御家老様や若殿様は贅沢をしている、という噂が流れてきたのがきっかけらしい。で、大目付の片桐様と相談して、調べはじめた。上屋敷の状況を探索してみると、江戸家老様はお殿様が国元に戻られると、たちまちに豹変する。派手な暮らしになり、吉原《よしわら》で遊んでいることまで浮かび上がったのだ」

「はい」数馬が身を乗り出す。「わたしもこの耳で聞いたので、確かです。実はこの暁屋の女将《おかみ》さん、お吹《ふき》さんは吉原の有名な太夫だったのです」

その言葉に、新一郎も武部も目を丸くする。

「ほう、そうであったか。それはまた書状に認《したた》めて国に送るとしよう。そのようなことが明らかになれば、ますます不正の証《あかし》となる」

「はい、吉原は五十両、百両が湯水のごとく消えるところだそうです」

「なんと、やはり捨ておけぬことよ、そのようなところに行っておられたとは……そもそも帳簿によると江戸藩邸の財政は厳しく、かつかつのはずであったのだ。贅沢な暮らしなどできるはずがない。だとすれば、帳簿に偽りがある、としか考えられぬ。国元に報告していない土地があるにちがいない。そこから上がる利益を、江戸家老とその配下が私《わたくし》しているのであろう。国元ではそう結論して、江戸家老様とその配下を探り出したのだ」

「あの……」数馬が眉を寄せる。「大殿様はそのことは御存じなかったのですか」

「ああ、知らせてはおらぬ。ちゃんと証を立てられねば、公にすることはできぬからな。半端に騒ぎ出せば、証拠となる物を処分されるのが落ちだ」

なるほど、と若者二人が頷く。

「国の田部井様は、加瀬殿が本当の帳簿を隠しているはずだ、と考えておられる。それを探し出して、大殿様にお見せしなければならぬ。本来なら若殿様に御裁可を願うところだが、若殿様は江戸家老様の言いなりゆえ、期待はできぬ。いや、若殿様御自身が、その無駄づかいを享受しておられたのだ」

武部は改めて、数馬を見た。

「若殿様を抑え込もうとする人々の志、これで得心したであろう」

黙って頷く数馬に、武部も頷き返す。

「問題は証拠だ。加瀬殿が隠している帳簿を公にしなければならん。そのために上屋敷を探った者もいたのだが、見つからなかったそうだ。だが、最近になって、加瀬殿が密かに屋敷を持っている、ということをつかんだのだ。そこで……」

武部は新一郎を見る。

「この新一郎殿に探ってもらった。話してみたら、なかなか飲み込みの早い男であったのでな」

「そうなのですか」

驚く数馬に、新一郎は照れながら頷く。

「わたしのような者が、とは思ったのだが、来たばかりで顔も知られていないし、好都合だと井上様に言われたのだ。江戸見物と言えばうろうろしても怪しまれない、ということも教えていただいた」

「うむ」武部が微笑む。「江戸に出て来た者は皆、夢中になって歩きまわるものだ。して、首尾はどうであった」

「はい。加瀬様のあとをつけましたところ、赤坂《あかさか》という町に行かれました。屋敷が多く並ぶ道に入って行ったのですが……すみません、そこで見失いまして、どの屋敷かを突き止めることができなかったのです」

首を縮める新一郎に、武部はおおように笑う。

「いや、それだけでも上出来。赤坂か……なるほど、あの辺りはいくつもの松平《まつだいら》家の屋敷があると聞くし、御三家《ごさんけ》の紀伊家の屋敷もあるはず。御公儀に取り入ろうとする魂胆《こんたん》か」

「あの、今度こそ、突き止めますので」

新一郎が拳を上げる。

「それなら」数馬も拳を握った。「わたしも参ります」

「ふむ」そう頷いて、武部が眼を細める。「それは心強い。頼みましたぞ」

「はい」

二人の力強い声が重なった。

三

お白州の朝。

市右衛門と富右衛門親子が、羽織姿の正装で暁屋にやって来た。同じく羽織姿の喜平が、土間へと下りる。

数馬もその横で草履を履く。

「わたしも奉行所までお供します。ちょうど出かける用事もあるので」

「おや、そうですか。では、お願い致しましょう。そのほうが安心だ」

喜平の笑顔に、勝木屋親子も頭を下げる。

「いってらっしゃいまし」

お吹が火打ち石で火を放ち、友吉らと並んで見送った。

市右衛門は喜平と並んで歩く。

「お奉行様はあの大岡越前守《おおおかえちぜんのかみ》様ですか」

「ええ、そうです。大岡様なら安心です。さらに市右衛門さんが引き合いに出てくださることで、こちらの有利はゆるぎない。打ち合わせどおりに進めます」

「はい、見て来た安芸屋の梁のことも、ちゃんと言いますので」

喜平は頷いて、後ろの富右衛門を振り返った。

「やはり親父様というのは頼りになりますな」

富右衛門は首を縮める。

「ああ、いえいえ」市右衛門は手を振る。「富右衛門はしっかりとやってくれています。これがいるから、わたしどもは楽隠居ができているんです」

ほう、と喜平は眼を細めて、息子と父を交互に見た。

「親孝行と子孝行ですか。けっこうですな。わたしなどは早くに親を亡くしましたから、うらやましい限りです」

「いえ、手前などお恥ずかしいばかりで……」

恐縮する富右衛門を横に見ながら、数馬は胸の奥が揺れるのを感じていた。

親孝行か……わたしは大殿様になにもして差し上げていないな……。そう、つぶやいて、ふと我に返る。親と感じているのか……と、己のつぶやきに驚いたのだ。身近で接した大殿様の顔や姿、声などが脳裏に浮かび上がる。「いつまでも、こうしてはおられぬ」と言った声も耳に甦《よみがえ》って、心が揺れた。

これが情というものなのか……。数馬は胸に湧き上がる熱さに戸惑いを感じつつ、市右衛門の父親然とした背を見つめた。

日本橋から京橋を抜け、目の先に南町奉行所が見えてくる。橋の手前では裃《かみしも》姿の名主《なぬし》が待っているのがわかった。

「では、わたしはこれで」

数馬が立ち止まると、喜平が頷いた。

「はい、御苦労様でした。方向ちがいではありませんでしたかな」

「いえ。赤坂に行くので、ちょうどよかったのです」

「そうですか」

喜平は微笑んで、歩き出す。

三人の姿を見送って、数馬もまた、歩き出した。

「勝木屋富右衛門、大工虎市、出よ」

お白州にはほどなく呼び出された。白い石の上に敷かれた茣蓙《ござ》に、皆が並ぶ。虎市は名主の付き添いだけだ。

役人が倣《なら》いどおりに進めているあいだ、虎市は訝《いぶか》しげな横目で、ちらちらと市右衛門を見る。

「引き合い人は勝木屋市右衛門でまちがいないか」

「はい」

勝木屋親子が頭を下げる。

それに虎市が表情を変えた。身をひねって市右衛門を見つめ、頬を硬くする。喜平はそのようすを横目で伺いつつ正面に座る大岡越前守に向けて顔を上げた。

「お奉行様、引き合い人勝木屋市右衛門はつい二日前、公事の元となった梁を見て参りました。市右衛門は勝木屋二代目として長年、材木を扱ってきた目がございます。その目で見て思うたことを、話したいのですが」

「よい。話せ」

奉行の言葉に、市右衛門は顔を上げる。

「梁が折れてすぐに、わたしどもの丁稚鶴吉が、木組みを上って折れたところを見たそうです。そのときに黴が少し甘く匂ったと申しました。それが気になりまして、一昨日、わたしも見に行って参りました。もう、匂いは消えていましたが、青黴が木のひびにびっしりと生えておりました。木にも黴は生えますが、杉にあれほどの青黴が生えるのはふつうではありません」

　奉行はじっと耳を傾けている。喜平はちらりと虎市を盗み見た。膝の上で、拳が握られている。

「お奉行様」市右衛門は声を高める。「あの木のひびには、酒をしみ込ませたのではないか、とわたしどもは考えております。甘い匂いは酒が残っていたせいでしょうし、酒ならば青黴が生えるのも不思議ではありません」

「なるほど。では、勝木屋から買った木に、わざとそうした細工をした、と申すか」

　奉行の問いに、市右衛門は首を振る。

「いえ、あの木はわたしどもの木ではないと存じます。売った日にちは帳簿でわかりましたが、黴があれほど生えるには、もっと日数が要《い》ります。ほかから買った木に細工をしておいて、うちの木であるかのように使ったのではないでしょうか」

　ふうむ、と聞こえはしないものの、奉行のうなりが感じ取れた。

「しかし、勝木屋、その梁には焼き印が捺してあったと言うではないか。勝木屋富右衛門はそれを見て、確かに店の印と認めた、と詮議と検分であきらかになっておる」

「お奉行様」

今度は喜平が声を上げた。

「実はこの引き合い人を出した一番の目的はそこなのです。その焼き印は引き合い人市右衛門が五つ、作った物です。そのうちのひとつをなくしていたのです」

「ほう。それは真《まこと》か」

「はい」市右衛門が頷く。「恥ずかしい話なので、息子の富右衛門にもくわしいことは伏せておりました。実はわたしどもには不肖の長男がおりまして、手を焼いていたのです。跡継ぎにするはずだったのですが、ある日、あまりに不届きな振る舞いを致しましたので、腹を据えて勘当したのです」

「ふむ。人別帳から外したか」

「はい。このままではいずれお店にも傷がつくと思い、いたしかたなく縁を切りました。証《あかし》があるわけではありませんが、焼き印ひとつがなくなったことに気づいたのは、長男杉松を追い出したあとだったのです」

「お奉行様」喜平が言葉をつなげる。「持ち出された焼き印は行方知れず。腹いせに売り払ったとも考えられますし、商売敵《がたき》に譲り渡したかもしれません。それがこのたび悪用されたのではないかと、わたしどもは考えております」

「なるほど。それは否《いな》めぬな。と、なると……」

奉行は虎市を見る。

喜平も横目で伺うと、わなわなと虎市の拳が震えているのがわかった。

「お奉行様」

虎市が腰を浮かせて、大声を放った。

「あっしも引き合い人を出します。お願いします。こっちにも言い分がありやす。こんな……こんな、勝手な作り話をされちゃあたまらねえ」

「これ、静まれ」

役人が叱りつける。が、声は落としたものの、虎市は砂利の音を立てて、膝で進み出る。真莚から膝を出すと、虎市は砂利をつかむようにして、頭を下げた。

「お奉行様、お願い致します。引き合い人を出させてくだせえ。あっちの引き合い人と対決させてくだせえ」

奉行はじっと虎市の姿を見つめて、口を開いた。

「あいわかった。引き合い人がいるのであれば、その言い分も聞こう。つぎのお白州に出すがよい。対決というのであれば、勝木屋の引き合い人もまた出でよ」

「ありがとうごぜえます」

虎市は石の上に頭を下げる。が、すぐにその顔を上げた。

「お奉行様……あの、すいやせんが、できるだけ早くに、やってもらえないでしょうか。その引き合い人は病を持っておりやして、日が経つとどうなるか……」

ふむ、と奉行は傍らの役人と話をはじめた。役人は書き付けを調べながら、ひそひそと言葉を交わす。頷いた奉行は、また正面に向き直った。

「では、四日の後に致す。暁屋はそれでよいか」

「はい。けっこうでございます」

喜平はかしこまって両手をつく。

さて、思いもよらないことになった……目の下の莫蓙を見つめながら、喜平は腹の中でつぶやいた。


赤坂の溜池《ためいけ》の畔《ほとり》で、数馬は石に腰を下ろして水面を眺めていた。

赤坂は勾配に挟まれた谷間だ。周囲はなだらかな坂が多く、緑が豊かな大名屋敷も多い。そこで暮らす侍らしい男達が、のんびりと池に釣り糸を垂れている。

「待たせたな」

背後から声がかかった。新一郎が息を整えながら、笑顔を見せる。

「いえ、わたしも来たばかりです。行きましょう」

二人は並んで歩き出した。

新一郎は屋敷の塀が並ぶ道へと、進んで行く。

「加瀬様はこの道を、曲がったのだ。で、しばらく間を置いて来てみたら、もう姿がなかった」

 やや細い道の両側に、小さな屋敷がずらりと並んでいる。小さいと言っても、周囲の大名家に比べて見劣りがするだけで、どこも立派な門構えを持ち、広い庭があることが覗える。

「しかし、この中から探し当てるのは難儀だぞ」

新一郎の声に、数馬は頭を巡らせた。

「大丈夫です。公事宿の仕事で、屋敷を探り当てることには馴れました」

数馬はゆっくりと歩き出し、それに新一郎も続く。

ふと、数馬の足が緩んだ。前方の屋敷から、荷物を背負った男が出て来たせいだ。

男は紺木綿《こんもめん》の布で包んだ箱を背に、歩き出す。

「煙草《たばこ》でござい」

よく通る声が上がる。数馬はそちらへと歩み寄ると、男を呼び止めた。

「煙草をもらいたいのだが」

「へい」

煙草屋はしゃがんで荷物を下ろすと、布をほどいた。中から引き出しのついた桐箱が現れ、煙草屋は取っ手を引いて、中の刻まれた葉を見せる。

「これは肥後《ひご》の葉、こっちは吉野《よしの》の葉……」

数馬は腰を折って、覗き込み、すぐに指をさした。

「では、その肥後の葉をもらおう。少しでいい」

「へい」

葉を紙に包む煙草屋に、数馬は声を落として問いかけた。

「この辺りに加瀬嘉門様のお屋敷があったと思うが、知っておられるか。しばらく前に来たのだが、似たような門ばかりで迷ってしまったのだ」

「ああ」煙草屋は顔を上げる。「加瀬様のお屋敷なら、そら、右側の三軒目ですよ。竹の植わった庭だから、それが目印になりまさ」

腰を伸ばして、そちらを見る。塀の向こうに竹が揺れている屋敷があった。数馬は新一郎を振り返って、目配せをした。

数馬は煙草の包みを受け取りながら微笑んだ。

「ああ、そうだった、いや、かたじけない。そなたも出入りしておられるのか」

煙草屋は数馬から代金を受け取りながら、頷く。

「へい、毎度、買っていただいておりやす」

「そうか、あそこの中間《ちゅうげん》は煙草が好きであったな。そら、なんといったか、がっしりとした……」

「ああ、平吉《へいきち》さんですね」

「そうだった。まだおられるのだな。ほかのお人もそのままだろうか」

数馬が次々に出まかせを並べるのを、新一郎は呆然として見つめる。

煙草屋は箱を包みながら言葉を返す。

「へい、女中も飯炊きの中間も元気ですよ。最近は、もうひとり増えましたがね。御浪人さんが入ったんだが、あの目つきの鋭さは用心棒ってやつですね」

「用心棒」

「ええ、ふだんは旦那様がいらっしゃらないから、物騒だと思って雇われたんでしょうよ。押し込みに入られちゃあ、かないませんからね」

「なるほど」

数馬は新一郎と眼で頷き合った。

「よいしょ」

煙草屋はまた荷を背負うと「毎度あり」と頭を下げて歩き出す。

数馬と新一郎は、それに背を向けて、身体を寄せ合った。ささやくように新一郎が声を出す。

「すごいな、そなた。いつのまに、このようなはったりを利《き》かせられるようになったのだ」

数馬が苦笑する。

「わたしなど、ひよこです。公事宿の皆さんはもっとすごい。ずいぶんと勉強させてもらいました」

ふうむ、と新一郎がうなる。数馬は竹の見える屋敷へと歩き出した。塀はどっしりと厚い白壁だ。

「この屋敷はおそらく、国の勘定奉行様には隠しているのでしょうね」

数馬のつぶやきに新一郎も頷いて塀を見上げる。

表門は閉ざされているが、そこを通り過ぎると、塀の角に非常門が見えた。簡素な木の扉がついたものだ。

数馬は手でそっと押し、動くのを感じて口元を弛めた。

「ここは開きますね。これなら入るのは簡単だ」

「入る」

新一郎の裏返った声に、数馬は苦笑する。

「ええ。帳簿を盗み出せば、不正を公《おおやけ》にすることができます」

「ぬ、盗み出す」

うろたえる新一郎に、数馬はしっと口に指を立てた。

「裏には裏の手です」

にっと笑って、数馬は門から離れる。

「ここまでわかれば、あとは策を練るだけです。行きましょう」

歩き出す数馬の横顔を、新一郎はしみじみと覗き込んだ。

「そなたは本当に変わったな。あんなに頼りなげだったのが、今ではそなたのほうが兄のようだ」

数馬は失笑をもらす。

「変わらざるをえなかっただけです。されど、よかったと思います。あのまま世を知らないで過ごすよりは、今のほうが少しはものの役に立つ」

「いや、大いに頼りになるぞ」

新一郎が肩を叩く。

その新一郎の動きが止まった。目は前からやって来る人影に釘付けになっている。

二人の武士に供がついた一行だ。

「加瀬様だ」

新一郎のつぶやきに、数馬も目を向ける。二人ともに若くはない。

「どちらがですか」

新一郎は懐から手ぬぐいを出すと、顔を拭くような振りをして、顔を隠した。

「右だ」

一行が目前に近づいてくる。

数馬は正面を向いたまま、目だけでそちらを伺う。

右側の加瀬は細面の瓜実顔に満面の笑みを浮かべて、傍らの武士に話しかけている。

その媚《こ》びを顕わにした笑いを目に焼き付けながら、数馬は耳をそばだてた。

加瀬は眼を細めて、赤味のある唇を動かしている。

「いやはや、紀伊様の御家臣といい御縁を結ぶことができれば、我が藩も安泰……実に喜ばしいことです」

「ふむ」

隣の武士はへの字の口を開く。

「しかし、その江戸家老殿の娘御というのは、真に美しいのだろうな」

「はい。御安心を」

加瀬はまるで商人のように深く頷いた。

数馬の足が止まりそうになる。思わず首をまわし、二人を見た。

加瀬は左の頰を上げて笑いを拡げている。

「七重様は色白の肌が餅のようで、触れれば吸い付くとはまさにあのことにちがいありませぬ」

数馬の手が震えた。

横を通り過ぎた武士から笑い声が上がる。

「ほほう、そうか。死んだ妻《さい》は見目も悪くつまらぬ身体をしておったのでな、次はよい女子をもらいたいと思うていた。楽しみなことだ」

「はい」

二人の下卑《げび》た笑いが遠ざかって行く。

それを背中で聞きながら、数馬は拳を握った。

新一郎は伏せていた顔を上げて振り返ると、鼻にしわを寄せて、去って行く後ろ姿を睨みつけた。

「なんと、あきれたものだ」

そう吐き捨てながら、数馬を見る。

数馬は拳を振るわせて、唇を嚙んでいた。その目が充血しているのに気がつき、新一郎は言葉を飲み込んだ。

四

数馬と伊助は永代橋に向かって歩いていた。

お白州の思わぬ流れに、喜平が木立屋をさぐるようにと言い出したためだ。

数馬は伊助にそっと寄る。

「伊助さん、教えてもらいたいことがあるのです」

「へい、なんです」

「忍びは屋敷に入り込んで、物を盗み出したりもしますよね」

「ええ、それが役目となれば、物でも人でも盗み出しますよ」

「小さい物を盗み出す場合には、どのようなところを探せばいいのでしょう」

「小さい物ですかい」伊助は横目で数馬を見る。「どのくらいの小ささですか」

「書物です。おそらく巻紙ではなく、綴じてあると思うのです」

ああ、と伊助は頷いた。

「そういう物なら、ふつうは鍵のついた戸棚にしまいやすね」

「戸棚ですか」

「ええ、蔵だと離れているから、かえって心配になるもんです。そりゃ、鎧《よろい》や槍みてえなでかい物はべつですが、小さい物なら、一番いることの多い部屋に置くのがふつうです」

「なるほど、居室の戸棚ということですね」

「そうですね。大事な物なら鍵のついた戸か引き出しの中に入れやすね。さらにとことん大事な物なら、でかい錠前をつけてたりもしやす。まあ、かえってそれが印になって、隠し場所がわかるんですがね」

数馬はふうむ、とうなる。

「鍵、というのはすぐに開けられるものでしょうか。忍びならその術は持っているんでしょうね」

「へい、それは基本ですからね。子供の頃から教えられますし、いろいろな鍵開け棒があるんですよ」

「棒ですか……そういえば、以前、裏仕事の時に、喜平殿が鍵を棒一本で簡単に開けたことがありました」

「へえ、そうでしょう、あれはあたしが教えたんです」

「そうでしたか」

数馬は丸い目で伊助の横顔を見た。

「あの、伊助さん、わたしにも教えてください」

へ、と横目で見返しながら、伊助はにやりと笑った。

「ようござんすよ」

二人は永代橋を渡った。

元木場の町を二人は進む。

ほどなく木立屋が見えてきた。

「あれです」

数馬が目で示すと、伊助はためらうことなく、まっすぐに足を向けた。

「行きやしょう」

そのまま店の中にまで入って行く伊助に、数馬も平静を装ってついて行った。その姿に気づいて、手代が出て来る。

「なにか」

伊助は胸を張る。

「商いの話をしたいんだが、主《あるじ》を呼んでくださらんかね」

「へい」

気勢に押されたかのように、手代は上がって奥へと行く。すぐに年かさの男とともに戻って来て、手代は後ろに引いた。

「わたしが木立屋十兵衛《じゅうべえ》ですが」

主は上がり框《かまち》に立ったまま、客を見下ろした。その姿を見て、やはり、と数馬は胸中でつぶやいた。以前、貯木池の畔で見た男だ。

伊助は腰を曲げることなく、見上げる。

「こちらは小売りもしていると、知り合いから聞いて参ったのです。手前は上野の材木屋で濃戸《のと》屋と申します」

堂々とした主ぶりを横目に見ながら、数馬は感心する。相変わらず変わり身の早さは大したものだ……と、笑いさえ洩れそうになる。濃戸屋という屋号も信濃《しなの》と戸隠をとっさに合わせたにちがいない。

「濃戸屋……聞いたことがありませんな」

十兵衛は顎を上げて、じろじろと睨《ね》めつけた。伊助もくいと顎を上げた。

「はい、上方《かみがた》から移って来たばかりですから、江戸ではまだ知らぬお人も多いようですな。で、こちらの材木はどこの木が主《おも》ですか」

「うちは木曽《きそ》の良木しか扱いません。値も張りますから、そちらの商いと折り合いがつきますかな」

ふんと音が鳴りそうに鼻がふくらむ。伊助は口を歪めて微笑んだ。

「良木とはけっこう。では、それを見せていただけますかな」

十兵衛はそれには返事をせずに、後ろを振り返った。

「おい、喜八《きはち》、貯木池にお連れしなさい」

「へい」

喜八と呼ばれた男が出て来る。主と同じくらいの年だろう。しわの深さも似ている。

「この番頭が案内しますから」

十兵衛はそう言い捨てると、また奥へと戻って行った。

「どうぞ、こちらに」

土間に下りた喜八は、外へと先導して、店の脇へと回り込んで行く。二人はそのあとについて、すぐに貯木池に出た。

池に浮かんだ木の上に、尻ばしょりをした男達が器用に乗っている。足で蹴ってまわしながら、木を移動させているのだ。

数馬と伊助は、畔に進んでその光景を見つめていた。以前、数馬を追い払った顔に瑕《きず》を持つ男もいる。池のまわりにはそれを眺めながら、だらしなく座っている男らの姿もある。

伊助が小さく数馬を肘《ひじ》でつついた。

「あの男を御覧なさい。石の上に座って煙管《きせる》をくわえているやつです」

数馬が目だけを動かしてそちらを見る。にやにやとした顔で隣と話している若い男は、鼠色の着物の前をだらしなく開けている。

「あっ」

声をもらした数馬に伊助が頷く。

「左内様の言っていたぞろっぺえですよ。そら、目も一重と二重だ」

数馬にはっきりとは見えないが、伊助の目には鮮明らしい。

伊助は番頭に向き合った。

「確かに良木ですな。自慢するだけのことはある」

「へい。なにしろ御公儀にお納めする物ですから。小売りをするのはこの先、余りが出たときだけですよ」

そう言って胸を張る番頭に、伊助は首を振った。

「おや、それではすぐには買えないということですか」

「ええ、そりゃ、うちは御公儀御用達《ごようたし》ですから」番頭は乱ぐい歯を見せて笑う。「ま、急ぎならほかの問屋に行くことですな。だいいち、そのほうが安く買える」

番頭は左頰を歪めて、見下《みくだ》したように肩を揺らす。

「そうですか、わかりました」

伊助は踵を返すと、すたすたと池を背にして歩き出す。数馬もそれに続いて、木立屋をあとにした。

表に出てしばらく進むと、伊助は小さく振り向いた。

「ぞろっぺえが木立屋の者だったとは……」

「はい、意外でしたね」

「こりゃ喜平さんにすぐに教えなきゃな」

「ええ」

数馬も足を止めて振り返った。

夜、喜平の部屋に皆が集まった。

伊助と数馬の報告を聞いて、喜平が腕組みをする。

「ふうむ、ということは、これまで虎市さんを動かしていたのは木立屋でなかった、ということですな」

「もしかしたら、裏はいねえのかもしれませんや」

伊助が首をひねる。

喜平は左内を見た。

「虎市さんのほうはどうでしたか」

「いや、それが」左内が首筋を掻いた。「朝、虎市の長屋に行ったら、もういなかったのだ。で、子供に聞いてみたら、どうもお白州の夜から戻って来ていないようでな、どこに行ったのかもわからずじまいであった」

「そうですか」

喜平は天井を見上げる。

「まあ、二日後にはまたお白州です。こうなったら、虎市さんの出方を見るしかないでしょう。誰が引き合い人に出てなにを言うのか、それによって、また策を練るしかない」

はあ、と誰もが力なく頷く。

喜平の溜息に、それぞれが肩をすくめて引き揚げて行った。

数馬は部屋に戻ると、胡座を掻いて静止した。目はじっと畳の一点に集中する。

心には二日前の赤坂での情景が浮かび、耳には下卑た笑いが甦っていた。腹の底から、むかむかと熱い怒りが湧き上がってくる。

「数馬様」

それに水をかけたのは、廊下からの声だった。

「開けますよ」

そう言って伊助が姿を現した。腕に三つの木箱を抱えて入って来る。

目を見開く数馬の前に木箱をどんと置いて、伊助は息を吐く。

「さ、これで鍵開けをやりましょう」

伊助が順に並べる箱を、数馬は見つめた。一つ目には小さな鍵穴がついている。二つ目の鍵穴はそれよりも大きい。三つ目の箱には錠前がつけられている。

「喜平さんに借りてきたんですよ」

伊助の笑顔に数馬は手を打った。

「そうか、喜平殿は錠前作りなどの細工が得意でしたね」

「へい」と伊助は頷いて、一つ目の箱を引き寄せた。

「戸棚についている鍵は、一番簡単なのがこれでさ」

そう言いながら、懐から数本の鉄の棒を取り出した。先が曲がっているが、曲がり方も細さ長さもまちまちだ。

「いいですかい、こいつをこう、鍵穴に差し込むんでさ」

持ち上げた木箱に曲がった先を差し込む。手の向きを変えながらまわすと、やがて鍵穴から音が鳴った。

「そら、開きました」

伊助が蓋を開けてみせる。

「へえ、すごい。あっという間ですね」

目を瞠《みは》る数馬に、伊助は笑う。

「へへ、そりゃ、忍びにとっちゃ、こんなのは朝飯前でさ。開けることができれば、閉めることもできる」

蓋を閉じると、また鍵穴に棒を差し込んでまわす。音が鳴り、鍵がかかったのがわかった。

伊助はもうひとつの箱も同じように開け、さらにがっちりとした錠前も難なく開けて見せた。

「さ、やってごらんなさいまし」

伊助は棒を数馬の前にと押し出した。

一本を手に取って、見たように差してみる。動くことは動くがまわらない。

手の向きを変え、箱の向きを変え、顔の向きまで変えてみるが、いっこうに音は鳴らない。額に汗がにじみ出る。

「ああ、焦っちゃあいけねえ。棒が折れちまう」

伊助が手を上げる。

数馬は、はぁと息を吐いて、箱を置いた。

「難しいものですね」

「いやまあ、最初はしょうがねえです」

伊助は笑いながら腰を上げた。

「まあ、ゆっくりとおやんなさいな。ときどき、来ますから」

「かたじけない」

数馬の会釈に伊助は笑顔で出て行く。

鍵穴と棒を見つめて、数馬は溜息をついた。

だが、赤坂で聞いた下卑た笑い声がまた耳に甦り、加瀬の媚《こ》びた卑しげな顔も思い出される。

江戸家老を見たことはないが、加瀬を目《ま》の当たりにしたことで、敵《かたき》という思いが鮮明になった。自然と腹の底が熱くなる。

同時に、七重の顔も胸の中で揺れる。七重の面影は、胸を熱くする。

胸にも腹にも熱を抱えながら、数馬はぐいと身体を伸ばす。

「よし」

そう声に出して、また棒を握り直した。

第五章　裏また裏

一

お白州に呼び出されて、皆が順に蓆蓙の上に座る。

喜平は、刻限ぎりぎりにやって来た虎市とその連れを横目で覗《うかが》った。うつむいて入って来た引き合い人は、年老いた男だった。

これもまた意外……喜平はつぶやきながら、横に並ぶ勝木屋親子を見る。市右衛門と富右衛門も、虎市と引き合い人を盗み見ながら、首を傾《かし》げ合っていた。

役人は型どおりに読み上げを終え、最後に付け加えた。

「大工の虎市の引き合い人はおるな。内藤新宿太郎長屋、大工杉松に相違ないか」

「はい」

虎市が大きな声で返す。

市右衛門と富右衛門が喉から、えっという音をもらし、そちらを見た。

引き合い人の杉松がゆっくりと顔を巡らせて、親子に向く。陽に焼けた顔にはしわが刻まれ、目の下はさらに色が黒い。

「す、杉松……なのか」

市右衛門が腰を浮かせる。

あいだに座る喜平はその双方を見て、目を瞠《みは》った。市右衛門の長男の名は杉松であると聞いてはいた。富右衛門よりも三歳上であるとも、教えられている。

しかし……と喜平は眉をしかめる。並びにいる杉松は富右衛門よりもずっと老けて見える。

「お奉行様」

その杉松が意外なほど太い声を上げた。

「話しをさせてくださいまし」

細い身体を折って手をつく姿に、奉行の声が返った。

「許す。話すがよい」

杉松は顔を上げると、膝で前へと進んだ。

「あっしは虎市の父親です。このたびのことは、全部、あっしが考えて、倅にやらせたことです。倅にはなんの罪もありやせん。どうぞ、罰はすべてこのあっしに負わしてください」

深々と頭を下げる杉松に、奉行が頷く。

「話は聞いておく。沙汰を下すのはそれからだ。罰を決めるには、そのほうのしたことをまず、知らねばならぬ。話せ」

「はい」

杉松は深く息を吸い込むと、言葉とともに一気に吐き出した。

「あっしはここにいる勝木屋市右衛門の息子です」

勝木屋親子が目と口を開き、杉松を見る。

が、杉松はそちらには向かずに、奉行を見上げる。

「先のお白州で、あっしの話が出たと聞きました。あっしが十四の頃から遊びをおぼえて遊蕩三昧《ゆうとうざんまい》にふけった、てえのは本当のことです。ですが、勝木屋の跡を継ぐ覚悟はありましたから、材木のことはちゃんと学んでおりました。それが、この弟の富右衛門にはめられたのでございます」

杉松は腰を浮かせて身体をひねり、富右衛門を指さした。

「な、なにを……」

富右衛門も腰を上げる。

杉松は声を怒鳴りに変えて、腕を振る。

「おまえが仕組みやがったんだ。跡目とおはまを奪うために」

「これ、静まれ」

役人が声を高めて、杉松を制した。

「落ち着け」奉行も穏やかに諭《さと》す。「ここは白州だ。公事人に話してはならぬ。それがしに話すのだ」

「はい」

杉松は、はぁと息を吐いて、腰を下ろす。

「あっしは遊んではおりましたが、跡継ぎですから、御定法《ごじょうほう》破りだけはしないように気をつけておりました。ですがあの晩、どうしてもとしつこく遊び仲間に誘われまして、つきあいのつもりで賭場に行ったんでございます。そうしたら、待ち構えていたみたいに、お役人に踏み込まれたんです」

役人の顔が歪む。博打は厳しく取り締まりをされている法度《はっと》だ。捕まえるのが当たり前ではないか、とその顔は言っている。

杉松は拳を握った。

「あっしはなんとかその場から逃げました。捕まったら、家に迷惑がかかる。御公儀御用の材木問屋に泥を塗っちゃあならないと、必死で走ったんです。そのまま本所まで逃げて、知った宿に数日間、身を隠しておりました。そして、その間に考えたんです。賭場なんぞ、江戸中、至るところで開かれている。それなのに、どうしてその晩に限って、捕り物になったのか……」

うほん、と役人が咳払いをして、顔をさらに歪めた。

「すみません」と杉松は頭を下げる。「だけど、言わしてください。初めて行った晩に捕り物に遭うなんて、あんまり間《ま》が悪すぎる。これは誰かが、お役人様に告げたにちがいない、と思い至りました。あっしを科人《とがにん》にしたい誰か……それは富右衛門じゃないか、と気がついたんです」

「馬鹿な」

富右衛門の声が上がる。市右衛門は戸惑いを浮かべて、二人の息子の顔を交互に見つめる。

「兄さん……」と、さらに言葉をつなげようとする富右衛門のようすに、役人が「静まれ」と制した。

杉松がちらりと弟を見て、奉行に向き直る。

「思ったとおり、家に戻ってみたら、勘当されました。ですが、このときには富右衛門は白々《しらじら》しく言ったんです。一年後に戻ってくれば怒りも解けるだろう、自分も力になると、殊勝な顔をして……。あっしは手前の考えに半信半疑になって、それじゃもう少し弟を信じてみようかと思いました」

「そ、そのときには、本当にそういうつもりだった……」

富右衛門のつぶやきがもれる。それを打ち消すように、杉松は声を高める。

「あっしは弟を半分信じて、一年経った頃にこっそりと戻りました。そうしたら、こいつはすっかり跡継ぎ面《づら》をしてやがったんです。そして、自分が跡を継ぐから店は任せてくれと言いやがった」

「兄さん、それは……」

思わず声を出す富右衛門に、杉松が身体をひねって声を荒らげる。

「黙れっ。おまえは知らないだろうがな、おれはあのあともそっと覗きに行ったんだ。おまえの魂胆を察してな。そうしたら案の定、おまえはおはまとできていやがった。お店とおはまを奪うために、おれを陥《おとし》いれやがったんだ」

杉松は大きく胸を上下させると、姿勢を正して正面を向いた。

「お奉行様。あっしは勘当されて無宿人となりました。幸い、内藤新宿で大工の親方に拾ってもらい、娘をもらって人別帳に入れてもらえました。けれど、どれだけ、口惜しい思いをしたか、口では言えやしません」

奉行の目が杉松を見つめる。

「その意趣返しに、勝木屋を陥れようと謀《はか》ったのか」

杉松がうなだれながら、頷く。

「はい。まさか、こんな公事になるとは思いませんでした。勝木屋の評判を落として、商売をだめにすれば、胸がすくと思ったんです」

「では、腐った梁を使ったのは、そのほうの策であったのか」

奉行の重い声に、虎市が膝を進ませた。

「お奉行様、やったのはあっしです。ほかで買った材木にひびを入れて、酒をしみ込ませて黴を生やしたんです。棟上げで折って騒げば、悪い評判が拡がる。それを見込んでやったんです。おっ父つぁんが持っていた焼き印を、あっしがその材木につけたんです」

「お奉行様」杉松もさらに膝を進める。「虎市がそんなことをやったのは、あっしが子供の頃から、勝木屋への怨みを話して聞かせたせいです。こいつの母親は早くに死んじまったので、二人だけになったのをいいことに、あっしは倅を思うように仕込んだんです。刑はあっしが受けますんで。虎市は堪忍してやってください」

杉松の額が砂利につく音が響いた。息づかいが荒く乱れ、肩が揺れている。

奉行はゆっくりと、茣蓙に並ぶ男達を見やって、富右衛門でその目を止めた。

「勝木屋富右衛門、そのほうの言い分かどうか」

「はい」

富右衛門は両手を、震えを鎮《しず》めるかのように合わせる。

「手前は跡継ぎを奪おうなどというつもりは、微塵もありませんでした。賭場のことも告げ口などしておりません……そもそも、賭場に行くことも存じていませんでした。跡を継いだこともおはまと夫婦になったことも、意図したものではなく、なりゆきでございます。本当です」

「へん、白々しい」

杉松が聞こえよがしに放つ。

奉行はそれを制するように、声を厳しくする。

「市右衛門はどのように思うか」

はぁ、と老いた父は肩を狭める。

「わたしどもは、今、頭がこんぐらがっております。どちらの言うことが本当なのか、どうにも判断しかねるばかりで……」

「ふむ。無理もない。しかし、それを確かめて、ことを収めるのはそのほうの仕事だ。兄弟の争いは公事で裁くことではない。奉行所で裁可するのは、梁に関することだけである。それを皆の者、しかと心得よ」

「は、はい」

市右衛門が背中を丸める。

「はい」

並ぶ一同も頭を下げた。

「では、次の白州で沙汰を下す。双方の引き合い人もともに出でよ」

奉行の言葉に、虎市が顔を上げた。

「あの、お奉行様……うちの、おっ父つぁんは見てのとおり病がありまして、できれば早目にお沙汰を……」

「ええい、黙れ、慮外者《りよがいもの》が」

そう怒鳴る役人を奉行が「よい」と手で制す。傍《かたわ》らの役人と顔を寄せ合うと、頷いて白州を見た。

「では、特別に計らう。五日の後に、沙汰を下す。よいな」

ははは、と皆がまた頭を下げた。

「一同、立ちませい」

役人の声に、二人の父はともに息子に支えられながら立ち上がる。虎市はよろめく父に、太い腕を添えた。

奉行大岡越前守はそれをじっと見つめていた。

狭い部屋の片隅で、数馬は歯ぎしりをしていた。木箱の鍵穴に差した棒が、動かなくなったのだ。

「数馬様、いますかい」

伊助の声に、数馬はすぐに声を上げた。

「入ってください、ちょうどよかった」

襖を開けて入って来た伊助は、箱を抱えて歯がみをしている数馬を見て、吹き出した。向かいにしゃがむと、その箱を奪い取って鍵穴に刺さった棒を見る。

「ああ、棒が曲がっちまってる。力をこめちゃあだめなんでさ」

斜めになった棒を器用にまわすと、鍵穴から引き抜いた。

数馬はそれを見て、溜息をつく。

「まだ一度も開きません。本当にできるようになるんでしょうか」

伊助は曲がった棒を直しながら苦笑した。

「まあ、そのうちこつがつかめまさ。あ、と、それより喜平さんが戻られたんですが、お白州がまたとんでもないことになったそうで……それを今から話すってんで、呼びに来たんでさ」

「あ、はい、では行きます」

数馬は伊助と連れだって、部屋を出た。

二

翌日。

喜平の部屋で、数馬は友吉とともに筆を執《と》っていた。

喜平は公事の記録を残すのが常だ。

「しかし、意外な流れでしたね」

数馬は昨日聞いた話を文字にしながら、思わずつぶやく。

「まったく、長年公事師をしているのに、裏を読めなかったとは不覚です」

喜平が口惜しそうに身体を揺らす。

「旦那さん」

そこに廊下から娘のお十三の声がかかり、襖が開いた。

「勝木屋の富右衛門さんがお見えです」

「ほう、そうか。こちらにお通ししなさい」

その言葉に数馬と友吉が身体をずらし、端に寄る。

「ごめんください」

富右衛門が腰を曲げて入って来た。昨日はどうも、とひとしきり挨拶をしたあと、富右衛門はやっと丸い腰を伸ばした。

「実は、お願いがあって参りました」

「はい、なんでしょう」

喜平の穏やかな笑みに、富右衛門は咳払いをして、喉を開く。

「昨日、家に戻ってから、内儀のおはまにお白州のことを話したんです。そうしたら、おはまの顔つきがみるみる変わりまして……はてに、なんと、杉松兄さんに会いたい、と言い出したのです」

喜平とともに、数馬と友吉の目も丸くなる。

富右衛門はしかめた顔を傾げて、振った。

「いや、手前も驚いて、そのわけを訊いたんですが、とにかく杉松さんと話がしたい、との一点張りでして。その……」顔を喜平に向ける。「杉松兄さんの居所はわかりますか。できれば、こちらに呼んでいただいて、手前や親父とともに会いたいと思うんです。あたしも話したいことがありますし」

喜平は、ふむと考え込む。

「杉松さんの長屋はわかっています。ですが、今はおそらく虎市さんのところにいるのではないですかな。お白州はまた四日後ですし、なにやら本当に病のようですから、内藤新宿まで戻ることはしないでしょう」

喜平は友吉を振り返る。

「勝木屋さんの求めを虎市さんに伝えに行っておくれ。杉松さんもいるはずだ。二人でここに来てもらえるように、説得しておいで」

「はい」

頷いて腰を上げた友吉を、喜平が見上げる。

「ああ、そうだ、お白州までここに逗留してもらってもいい。杉松さんは病のようだから、医者を呼んであげると伝えておくれ」

「はい、わかりました」

友吉が出て行く。

「恐れ入ります」

富右衛門が背中を丸める。

「いえいえ。公事が終わるまで、できるだけのことはする。それが公事師の務めですから」

喜平が胸を張った。


翌朝。

陽が高くなりはじめた頃、暁屋の玄関に杉松と虎市親子が訪れた。

杉松の背に手を添えた虎市が、出て来た喜平を見る。

「ひと晩考えて、参《めえ》りやした。ここで医者を呼んでもらえるというのは、本当ですかい」

「はい、もちろんです。よい医者を知っておりますから、今日か明日にでも、都合のつき次第来てもらいましょう」

喜平の笑顔に杉松が顔を上げる。

「いや、医者はどうでもいい。おはまや富右衛門に話があるというんなら、そいつを聞こうじゃないか」

「はい、それもすぐに使いを出しますから御安心を。ささ、とりあえずはお上がりください」

喜平の笑顔に、二人は頷き合いながら、草履を脱いだ。

昼過ぎに、勝木屋から三人がやって来た。市右衛門と富右衛門、そしておはまだ。

喜平は用意していた広い部屋に三人を通し、数馬と友吉も呼んだ。

そこに杉松と虎市親子を、招き入れた。

見上げるおはまと杉松の目が合う。

向かい合わせに座ると、杉松は鼻にしわを寄せて、おはまを見つめた。

おはまは息を吸うと、深々と頭を下げて、言った。

「杉松さん、堪忍してください」

面喰らう一同が見つめるなか、おはまはゆっくりと身体を起こしてうつむいた。

「あたしなんです」

皆が沈黙したまま、見つめ続ける。おはまはきっぱりと言った。

「杉松さんを無宿人にまでしてしまったのは、このあたしです。富右衛門さんじゃありません」

「ど、どういうことだい」

父の市右衛門がおろおろと向かい合う二人を見る。

おはまはうつむいたまま、言葉を落とした。

「杉松さんとの縁談は、初めはうれしかった。けど、会って話すようになったら、だんだん怖くなったんです。短気だし、ぶっきらぼうだし……道で犬を蹴るのを見たら、ますます怖くなって……そこに、悪い話まで聞いて……」

「悪い話……」

皆の顔が歪む。

「ええ、杉松さんの仲間だというお人から、あいつは岡場所に入り浸っている、と教えられました。おまけになじみの遊女から病を伝染《うつ》された瘡病《かさや》みだって……そのうち鼻っ欠けになるし、夫婦になると女房にも伝染って、子は産めなくなる、と言われたんです。そのあげくに死んじまうもんだって……」

皆が言葉をなくした。ただ、唾を飲み込む音だけが微かに響く。

市右衛門が勘当した息子を見る。

「それは……本当だったのかい」

杉松の頬が震え出し、かすれた声がもれる。

「そ、そいつは……だ、だが、瘡じゃねえ。あれは淋病《りんびょう》で、大したことはなかったんだ」

「それでもいやです」

おはまが顔を上げる。

「岡場所に通って病持ちなんて……女にとってはどれだけいやなことか。あたしはそれを聞いて、夫婦になるのをやめにしたくなったんです。おっ母さんにこの縁談をとりやめにしておくんなさいと、泣いて頼んだほどです。でも、結納金を遣《つか》っちまったと言って、とりあってくれなかった……」

「なんと……」富右衛門が眉を寄せる。「そんなことがあったのか」

杉松は拳を握る。そんな父のようすを、虎市は呆然と見つめた。

おはまは杉松を見据える。

「おまけに、杉松さんが賭場に出入りしているとも教えられました。賭場なんて、捕まれば科人……そんな男の女房になんて、なりたい女はいやしません」

「そいつは嘘だ」杉松が叫ぶ。「賭場に行ったのは、本当にあの晩が初めてだったんだ。出入りなんてしてやしない」

「兄さん」富右衛門の口調が尖《とが》る。「あの晩、捕り物にあったから、一回きりですんだんじゃないのかい。もしも、なにもなかったら、そのあとも出入りしていたんじゃないのかい」

「なんだと……」

そう睨みつけながらも、喉はぐっと詰まる。

「それじゃあ」市右衛門が首を曲げる。「富右衛門はそれを踏まえて、役人に知らせたのかい」

「いえ、とんでもない。役人になんぞ言ってやしません。賭場に行くのを知らなかったのだって、本当なんですから」

首を振る富右衛門に杉松の叫びが、再び上がる。

「まだ、白《しら》を切るのか。ほかにいってえ誰がいやがる」

畳を叩く音が鳴った。

おはまがすっと、背筋を伸ばす。

「それも、あたしです」

へっと、杉松が目を剝く。それに頷いて、おはまはかつての許嫁から顔を背けた。

「あの日、教えられたんです。晩に、杉松さんが川端の賭場に行くって。あたしは……これで杉松さんが捕まれば、縁談がなくなると考えたんです。それで、岡っ引きの親分に、知らせました」

杉松の口が震えながら、大きく開く。

「だ、誰だ。いったい、誰がそんなことを教えやがったんだ」

喜平も上体を乗り出して、おはまを見つめた。

「わたしもそれが気になっておりました。岡場所通いのことといい、誰がわざわざおはまさんに告げたのですか」

おはまはその瞳を宙にそらす。

「あれは八《はち》と名乗る若い男でした。杉松さんの遊び仲間だと言って」

「八……」杉松の眼が泳ぐ。「あ、いた、あいつか……」

「心当たりがあるんですか」

喜平の問いに、杉松はしわを歪めて頷く。

「遊び仲間のうちに、八というやつがいました。そいつは乱杭歯じゃあなかったか」

その問いかけに、おはまが頷く。

ずっと静かに聞いていた数馬は、そのやりとりに、はっとして考え込んだ。膝を進めて、杉松を覗き込む。

「あの、その八という人の名はちゃんと知っていますか」

「名、ですかい……いや、あの頃は七《しち》だの三《さぶ》だの留《とめ》だの、仲間内はみんな、そんな呼び方をしてましたから、いちいちまともな名を聞いちゃいません」

数馬はさらに膝を進めて、喜平の横に並んだ。

「先日、木立屋に行ったときに、喜八という番頭がいたのです。年の頃は杉松さんと同じくらいで、ひどい乱杭歯でした」

「ほう……」

「それに」数馬は虎市を見る。「先日、虎市さんに、六と名乗る男が仲間になろうと誘いかけましたよね」

「え」と虎市の口が開く。「なんで、そんなことを知っていなさるんで」

「ああ、すみません」喜平が言う。「申し訳ないが、公事をやるうえで、虎市さんのことを少し、探らせてもらっていたんですよ」

驚きと不快を顕《あら》わにする虎市に、数馬は神妙な顔を向ける。

「その六という男は、背が低めで着物をだらしなく着たぞろっぺえで、目が一重と二重じゃありませんでしたか」

「そ、そのとおりでさ」

数馬は皆の顔を見まわした。

「その男も、木立屋にいたのです」

勝木屋親子が顔を見合わせ、杉松と虎市親子もそれに加わった。

喜平はぱんと音を立てて、膝を打った。

「そうか、読めましたぞ。すべて木立屋の罠《わな》だったんです」

「罠……」

それぞれの口からもれるつぶやきに、喜平は頷く。

「ええ、そもそも杉松さんを遊びに引き込んだのも、木立屋の若い衆だったはずです。現に、そのうちの一人は、今は番頭に収まっている。跡継ぎの長男を放蕩者に仕立て上げて、勝木屋をだめにするつもりだったのでしょう」

「そ、そんな……」

杉松の顔が引きつる。

「賭場にまで引き込んで科人にすれば、お店の評判は台無しだ。実際、そうなったわけです」

市右衛門が大きく首を振る。

「はい、悪評が拡がって、信用を落としました」

杉松はがっくりと畳に両手をついた。

「なんてこった……おれは、あいつらにいいように使われたのか……」

「残念ながら、そういうことです」喜平は親子を見る。「そして、また、虎市さんも利用しようとした。木立屋は虎市さんが杉松さんの息子とは知らなかったでしょうが、使えるものならなんでも使おうという料簡《りょうけん》なんでしょう。木立屋の主は当時と同じ男でしたな」

「はい」富右衛門は頷く。「あの頃、先代から跡を継いだばかりで若かったので、そのまま続けています」

「木立屋の十兵衛は……」市右衛門がつなげる。「あの頃は若さの勢いもあって、まわりを押しのけようとなりふり構わずでした」

「ほう」喜平は首を振る。「まあ、人柄というのは変わらないものです。未だに同じことを考えるのでしょう」

杉松が今度は拳で畳を打ってうなる。

「くそうっ」

その横で、虎市も顔に青筋を浮かび上がらせる。

そこに富右衛門の溜息が落ちた。首を振りながら喜平を見る。

「まさか、こんなことだったとは……公事になぞするんじゃなかった。喜平さん、今から訴えを取り下げられますでしょうか」

「ううむ」喜平が口を曲げる。「この期《ご》に及んで取り下げると、奉行所の心象《しんしょう》が悪くなりますので、公事師としては、ちと困ります。このたびの公事は、早く進めていただけるように、わたしもなにかと便宜を計ってもらっておりますのでな」

「そう、ですか……いえ、そうですよね」

「まあ、このまま進めてしまいましょう」

喜平は皆を見る。

「変に戻るよりは、前に突き進むほうが、ものごとはすっきりと片がつくものです」

皆がそれぞれの顔を見合わせて、小さく頷いた。

三

「ああっ、だめだ」

数馬は畳の上に大の字になって、手足を投げ出した。手から、鍵開け棒がこぼれ落ちる。

階下から人の話す声が微かに聞こえる。その声は玄関へと移動して、外へと出て行ったのが感じ取れた。

しばらくして、声がかかった。

「数馬様、いますか、開けやすよ」

伊助の声に、数馬はゆっくりと身体を起こす。

入って来た伊助は、めずらしく笑みを浮かべている。

「今、医者が来て、杉松さんを診て行ったんでさ」

「ああ、どうでしたか」

数馬は杉松のよくない顔色を思い出しながら、問うた。

「いや腹にぐりぐりした岩ができているから、杉松さんはもう長くねえと自分から言うんでさ。けど医者が、岩が必ずしも悪いものとは限らない、と言ったら、たちまちに元気になって」伊助は笑う。「いや、現金なものです」

「へえ、それはよかったですね」

ええ、と頷きながら、伊助は放り出された棒と木箱を見た。

「まだ開きやせんか」

「ああ……」数馬は肩を落とす。「まったく手応えがありません。わたしはなにをやってもだめなのだという気がしてきました」

「なにを……」伊助がまた笑う。「鍵開けなんぞ、まっとうな者はできないのが当たり前でさ」

そう言いながら、箱を手にとって、鍵穴に棒を差し込む。何回かまわすと、かちりと音がして、蓋が開いた。それを見て溜息をつく数馬に、伊助はにやりと口の端を上げる。

「どこからなにを盗み出そうとしているのか知りやせんが、このぶんだと夏になっちまいそうですね。急ぐんですかい」

「はあ……急ぎ、なのです」

「へえ……なら、あっしがやりやしょう」

えっ、と数馬は身を乗り出す。

「あ、しかし……これは暁屋の仕事ではないのです。まったくの私事《わたくしごと》で、手伝っていただいてもなんの得にもなりませんし……」

「なにを今さら水臭いことを……暁屋の仲間は家族も同然じゃねえですかい。喜平さんだって、だめだなんて言いやしませんよ」

数馬は伊助の顔を見つめた。伊助は照れたように目をそらす。

「で、どういうところに入って、なにを盗むんです。それと、そこにはどのくらい人がいるんで」

「あ、はい、武家屋敷から帳簿を……人は女中がひとりに中間《ちゅうげん》がふたり、それと用心棒の浪人がひとり、です」

「はあ、なんだ、それなら朝飯前ってとこでしょう。それじゃ、勝木屋さんのお白州が終わったら、やりましょう」

数馬は姿勢を正す。

「いいのですか」

「へい、お安い御用で」

伊助は力強く頷く。

数馬は思わず立ち上がり、拳を上げた。

「ああ、これで、戸が開いた気分です」

天井を透して空を見上げるように、数馬は目を遙かに向ける。が、すぐに顔を戻すと、伊助に笑顔を向けた。

「伊助さん、ありがとうございます。戸の先の道まで見えてきました。ちょっと出かけてきます」

下屋敷の裏口をくぐると、数馬はまっすぐに井上武部の部屋へと向かった。

廊下越しに声をかけると、すぐに障子が開いた。

「おお、よく参った、ささ、上がられよ」

はい、と数馬もためらいなく部屋に上がる。

「あれから新一郎とはお会いになりましたか」

「いや、まだだ。近々、上屋敷に行くつもりでおったから、そのときに話を聞こうと考えていたのだ。赤坂の、加瀬殿の屋敷には行ったのか」

「はい、新一郎とともに行って来ました。その御報告をしたくて、参ったのです」

数馬はそのときに遭遇した、加瀬と連れの会話を武部に語る。

「なんと、縁談の相手は紀州藩の家臣か」

「はい、吉宗公が紀州藩の御出身ということが、やはり大きいのでしょうね」

「うむ」と武部は口をへの字に歪めて、腕を組んだ。

「公方《くぼう》様には御嫡男がおられるから、次期将軍を継がれるのはまちがいなし。となれば、紀州藩は今後も安泰……そこに取り入ろうと目論《もくろ》んだわけだな。これが、藩の先行きのためであるならば、いざ知らず、御家老様や加瀬殿のすることに大儀があるとは思えん。うまく私腹を肥やそうとしているにちがいないわ」

「縁談の相手は妻を亡くしたそうで、七重殿は後添《のちぞ》いとしてあてがわれるのです」

「ふうむ。御家老様もそのような話に乗られるとは、娘御の幸せなど、二の次ということか」

「なによりもその武士は、いかにも下卑た男なのです。あんな者に嫁がせるなど、情けのある親ならできることではありません」

語気を強める数馬に、武部が頷く。

「あいわかった。わたしが大殿様に申し上げて、その縁談は反故《ほご》にするように、努《つと》める。早くにわかってよかった」

「はい、それに……」数馬は目を据える。「あの屋敷は手薄であることがわかったので、帳簿を探し出すことができそうです」

「なに……」

「忍び込んで、持ち出します」

なんと、と武部の顎が下がる。

「そのようなことはならん。危険すぎる」

「大丈夫です。手を貸してくれる者もおりますので」

「いや、いかん。将来を嘱望《しょくぼう》されている者が、そのような真似をしてはならん」

武部の真剣な面持ちに、数馬は沈黙した。よいな、と念を押すような武部の眼に、数馬は顔をそらして話題を変えた。

「あの、七重殿はどうしておられますか」

「ふむ、今日も朝方、ひときわ元気に薙刀の稽古をしておられた」武部はゆっくりと腰を上げる。「ちょうどよい、七重様にお声かけをして、ともに参ろう」

「は、どこへですか」

立ち上がりながら問う数馬に、武部は廊下に出て振り向いた。

「大殿様の御前よ。そなたが参ったら、必ず連れて来るようにと命ぜられておるのだ。そなたのことがお気に召したらしい」

「は……」

戸惑いつつも、数馬は武部の背を追う。その背中が七重の部屋の前で止まった。

「七重様、おられますかな。数馬殿がお見えですぞ」

廊下から声をかけると、中から「はい」という澄んだ返事が上がり、すぐに襖が開いた。

「まあ、数馬様……」

武部は手を前に向けて歩き出す。

「さ、いっしょに御前に参りましょうぞ」

二人もそのあとに続く。七重は微笑んで数馬を見上げた。

「よかった、数馬様のお姿を見ると、なんだかほっとします」

数馬はそっと身体を寄せて、袖を触れ合わせた。七重の今の心境を想像すると、かき抱きたいような思いが湧き上がる。あの縁談の相手から守ってやる、と言いたくなる。が、相手を突き止めたなどと、言うことはできない。

武部はすたすたと奥へと進んでいた。小姓が応対して、三人はすぐに大殿実義の前へと通された。

実義は書物から顔を上げて、笑みを見せる。

「おお、よく来た」

数馬を中に三人が並ぶと、実義は書物を閉じながら、脇息から身体を起こした。

「ちょうど、よかった。数馬、そのほうに尋ねたいことがあった」

「なん、でしょうか」

顔を強《こわ》ばらせる数馬に、実義は微笑んでみせる。

「公事宿で世のことを、学んだ、と言うておったな。なれば、どう考えるか……余は国を豊かにしたい。なにか、策はないか」

「は……」と数馬は両手を握る。そのまましばらく目を伏せると、思い切ったように、その瞼を開いた。

「豊かさという意味合いは、いろいろかと存じます。一部の者だけがとりわけ豊かになるのでなく、国の多くの人がほどほどに豊かになる策であれば、考えたことがございます」

「ほう、申してみよ」

「はい。以前、小石川《こいしかわ》療養所《りょうようじょ》に行ったことがあります。そこでは貧しい者が無料で治療を受けることができ、薬ももらえます。それに比すれば、国では貧しい者は医者を呼ぶこともかないません。薬礼《やくれい》が高すぎるせいだと聞いたことがあります」

「国とは、我が藩のことか」

「あ、いえ」

数馬はあわてて、唾を飲み込んだ。話が流れて出自《しゅつじ》のことに及ぶのは避けたい。

「その、どこの国でもそうしたものだと、聞いております。ゆとりのない者は、医者にはかからず、売薬を買ってしのいでしまうのです。その売薬も薬九層倍《くすりくそうばい》と言われるほどに、不当な高値をつけられているのです」

失言をかわすために、立て続けに言葉を並べる。

「くそうばい、とはなにか」

実義は首を微かに傾ける。

「はい、薬の値はもともとはたいそう安いものであるのに、値を九倍にも上乗せして儲けている、というのを風刺した言葉です」

「ほう」

「ですから、さらに貧しい者は薬を買うのにも難儀するとのこと。これでは豊かとはいえません」

「ふむ」実義は武部を見る。「国元でも、そのようなことがあるか」

「はい。薬の買えぬ者は、まじないに頼ると聞いたことがあります」

武部の答えに実義は眉を寄せた。

「それは、捨ておけぬ話よ」

恐縮する武部を横目で覗いながら、数馬は口を開いた。

「小石川療養所では、お薬園をつくって、薬草の栽培もしております。ですから、薬もふんだんに出すことができるのだと、医者から聞きました。こうした療養所を造れば、豊かさにつながるではないか、と思えるのです。医者も育てることができますし、薬を作ることもできます。薬作りが盛んになれば、ほかの国に売ることもできるのではないでしょうか」

「ふうむ」

頷く実義に、武部が言葉を添える。

「我が藩の財政では無料は難しいかと存じますが、薬礼をごく安くおさえることはできるやもしれません。百姓や猟師、商人が元気であれば、国の力も高まりましょう」

「はい、それなのです」数馬は武部に頷く。「江戸に来てわかったことですが、町を動かしているのは町人の力なのだと思います。腕や知恵もそうですが、なによりも気勢の強さが、世を作っている気がします」

実義はじっと数馬を見つめる。

「ほかには、ないか」

「はい」数馬は肩の力を抜いて、向き合う。「これも江戸に来てのことですが、水道が巡らされていることに驚きました。国においても、川から水を引き入れ、水道を巡らせることができれば、民の暮らしは豊かになるのではないでしょうか。遠い井戸や川から水を汲んで運ぶのは、手間もときもかかります。水が楽に汲めれば、その分の力をほかに使うことができます」

ふうむ、とつぶやいて実義が口元を弛めた。

「そのほうの目は、民にばかり、向いておるな」

数馬は口を噤《つぐ》んで、肩をすくめる。

「すみません。大局を見ることができません」

「いや、よい。大局と向き合うには、足下を固めることが肝要だ」

実義が微笑む。

「そのほう、先行きをどう考えておるのか」

「先行き、ですか」

「うむ。いつまでも浪人でいるつもりか」

「あ、いえ……公事師になるのもよいかと思ったのですが……」

数馬の脳裏に、同じ言葉を言ったときに、返ってきた喜平の言葉が甦る。「数馬様がその道を選ぶと、困るお方がいるのではないですかな」それを反芻《はんすう》しながら、ちらりと隣の武部を見た。武部はこちらを見て、うほん、と咳払いをする。

「まあ、若い時分には、いろいろと迷うのもまた修業。ですが、人生は己ひとりのものと思うてはなりませんぞ」

「あら」

七重の声が反対側から上がる。

「己のものでないのなら、誰のものなのです。むしろ、人生は人に渡してはならぬものだと、わたくしは思います」

しゃんと胸を張って、七重は顎までをも持ち上げた。

実義がその姿に笑いをもらす。

「ふむ。まあ、どちらの言い分も真《まこと》だ。数馬はどう思うか」

左右を見ながら、数馬は喉を詰まらせる。

「わたしは……そうですね、不本意な人生を送るべきではないと、考えています。ですが、業から逃げることも、また正しくはない気が致します」

「そう、そういうことよ」

武部が数馬の背中を叩いて、頷く。

「わかっておるではないか」

ははは、と口を開けて笑う。

「まあ」七重が唇を尖らせる。「わたくしは業と戦います。業に頭《こうべ》を垂れたりはしません」

「あ、いや……」数馬は七重を見る。「ただ身を委《ゆだ》ねるというわけではなく、それから逃げずに向き合う、ということです」

「あら、それなら戦うのと似てますね。安心しました」

七重がまた胸を張る。

そのやりとりに、実義の笑いが洩れた。

「この二人、なんともおもしろい組み合わせよ。武部、もっと早うに引き合わせてくれればよかったに」

「あ、いや……」

頭を掻く武部と数馬を、実義は見比べる。

「武部、数馬は縁の者と申したな。血のつながりはあるのか」

「ええ、はい」

「ふむ。だが、似ておらぬな」

「いや、まあ」

武部が苦笑いをして、数馬は顔を伏せる。七重がそれを覗き込んだ。

「血のつながりとは……真《まこと》なのですか」

「ええ、まあ……」

数馬も苦笑いでごまかす。実義はじっとその顔を見る。

「そのほう、母の名はなんと申す」

「は、妙《たえ》です」

「亡くなったのだったな。実の母か」

「いえ……育ての母です」

「そうか。よき母であったのだろうな。そなたを見ているとわかる」

実義の重なる問いに、数馬は答える声がかすれるのを感じた。

「はい、やさしく、ときに厳しく、よい母でありました」

「実の母には会うたことはあるか」

数馬の喉が枯れる。

「いえ……」

実義の目が鋭くなった。

「そなた、幼名はなんというた」

数馬の喉が詰まる。

「千代丸ですわ」

横から七重の声が上がった。

「千代丸……」

実義の問い返しに、七重は頷く。

「はい。初めにお会いしたときにお聞きしました。塀から逃げた千代を捕まえてくださったのが、御縁だったのです。雌猫は千代、雄猫は千代丸という名であることを話しましたら、御自身も千代丸と呼ばれていた、とおっしゃられたのです」

ね、と七重は数馬に微笑む。

ね、ではない、と数馬はうつむいて唾を飲む。手ではじっとりとした汗を握りしめていた。こちらを見つめる実義の目を感じて、顔を上げられない。

「大殿様」

大声を出したのは武部だった。

「実は折り入って、お伝えしたきことがあります」

ずずっと前に膝行しながら、数馬に目配せを送った。

数馬はすぐに腰を曲げた。

「あ、はい、では、わたしはこれにて失礼致します」

言い終わらないうちに立ち上がる。

きょとんとする七重を、武部は振り返る。

「では、七重様、お見送りをして差し上げてはいかがですかな」

「あ、はい」

七重は目を丸くしたまま、笑顔になって立ち上がった。

若い二人は改めて礼をする。実義がしかたなくそれに応じると、二人は出て行った。

それを見送って、実義は武部を見つめた。

「ふむ、余も話があるぞ」

武部が「は」と、とぼけた顔で首をかしげる。

実義はその顔を覗き込んで、ふっと息をもらした。

「そろそろ、本当のことを言うがよい」

庭に下りた七重と数馬は、池の畔をまわって、表門へと向かっていた。数馬は周囲に目を配る。できれば人目につくのは避けたい。

しかし、事情を知らない七重は、自然に表門へと足を向けていた。数馬からこっそりと裏口から出たい、などとは言いにくかった。

屋敷のほうを見るが、人影はない。ほっとした数馬は、傍らの七重の顔を見つめた。

この人もまた……と、胸のなかでつぶやく。厄介な業を負っているのだ、と思う。だが、逃げようとはしていない……。

七重はまっすぐに前を見たまま、口を開いた。

「わたくし、近々、上屋敷へ行こうと思っています」

「え、なにか、わかったのですか」

「いえ、縁談の話が、よくわからないままなのです。父上もまだなにもおっしゃらないし。なれど、打つ手は考えねばなりませんでしょう。姉上に相談をしようと思うのです」

「なるほど」

「わたくしが勝手に動いて、姉上に迷惑をかけてはいけませんし、戦うことをお伝えしておかねばなりませんし」

数馬は思わず立ち止まって、七重に向いた。

「応援します」

その力強い言葉に、七重が顔を上げる。

「本当ですか」

「ええ、もちろん。できることはなんでもします。だから、勝ってください」

「はい」

　七重が飛び跳ねるように、身体を伸ばした。

「百騎の味方を得たようです。わたくし、負けません」

「わたしも負けません」

「まあ、数馬様も戦うのですか」

「ええ、わたしは敵とも己とも戦っています」

　数馬は苦笑混じりに頷く。

　七重は空の輝きを目に映して笑う。

「では、ともに戦いましょう」

「ええ、負けはしません」

　数馬にも屈託のない笑いが移った。

　頭上から、新緑の葉ずれの音が降っていた。

　そのふたりの姿を、屋敷の窓からそっと覗き見る目があった。

「定之、あれはおぬしが見張っていた男に相違ないか」

「はい、暁屋という公事宿にいる矢野数馬です」

「七重様とあのように……これは御家老様にお知らせしたほうがよいな。そなた、側近である加瀬様の甥であったな。すぐに会えるか」

「はい、伯父上にはよく供としてつきますので。これから上屋敷に戻って、すぐに話を致します。さっそく御家老様にも伝えていただきましょう」

「うむ、頼むぞ」

窓はそっと閉じられた。

四

暁屋の玄関で、喜平はお吹から火打ち石の切り火を受けていた。杉松と虎市も、横に並んでいる。

見送りに出て来た数馬は、不思議な気分で三人を見た。

「勝木屋さんとは奉行所で会うのですか」

「ええ、あちらで落ち合うことになってます」

喜平は答えながら、数馬の面持ちをくみ取って、微笑んだ。

「訴えたお人とお白州に出かけるのは常ですが、こうして訴えられたお方と出かけるのは初めてですな」

杉松は恐縮したように、首をすくめる。

「なんとも恥ずかしい話で……けど、ここに来てよかった。どんなお沙汰が下っても、悔いはねえと腹が括《くく》れました」

「そうですか、では、参りましょう」

「へい」

杉松と虎市の親子は、声を揃えて、足を踏み出した。


お白州の茣蓙に、皆が並んだ。市右衛門と富右衛門親子の隣に喜平が座り、その横に杉松と虎市親子が正座する。

奉行の大岡越前守が、一同を見渡した。

「公事の相手は大工虎市であるが、虎市に命じたのは父の杉松であることを自ら認めたため、二人に沙汰を下す。よいか」

「はい」

一同が頭を下げる。

「ふむ。もう申すことはないか」

奉行の言葉に、間髪《かんはつ》を入れずに、杉松が顔を上げた。

「お奉行様。お願いします、言わせてください」

「なにか」

「はい」

皆が見つめるなか、杉松は前ににじり出る。

「あっしがこのあいだ言ったことはまちがいでした。勘ちがいをして、弟に裏切られたと思い込んじまったんです。すべて、あっしの考えちがいだったんです」

「なに」奉行の眉が寄る。「では、そのほうの心得ちがいで怨みを抱き、挙げ句に意趣返しを謀ったというのか」

「はい」

杉松が深々と頭を下げる。

「お奉行様」市右衛門が正面を見上げた。「これには手前どもの落ち度もございます。この息子達の母を亡くしたことで負い目を持ち、つい、この杉松の放蕩に目をつぶってしまったのです。もっと早くに、父としての務めを果たしていれば、このようなことにはならなかったのにちがいありません」

「ふうむ」

奉行の眉がさらに寄るのを見て、杉松が声を高めた。

「お奉行様、なにもかも、あっしの思いちがいが元なんです。どんな刑でも受けやすから、お沙汰を下してくだせい」

「いえ、やったのはあっしですから、刑はあっしが受けます」

虎市も、その額を茣蓙にすりつけた。

奉行はそれを、じっと上から見つめる。

その胸が息を吸い込んだことが、裃《かみしも》の動きで見てとれた。

「では、沙汰を下す。大工虎市は腐った梁を勝木屋の材木と偽って評判を落としたこと不届き。よって、所払いと過料三両を命じる」

虎市が顔を上げる。江戸払いを覚悟していた身には、驚きだった。

「大工杉松」

奉行の声が続く。

「そのほうは息子虎市に悪しき行いを命じたこと不届き。よって所払いと過料二両を命じる」

杉松の顔も上がる。奉行はそれを見下ろして、付け加えた。

「家移りをして、実家の近くで暮らすがよい。心得ちがいで失った年月も、取り戻すことができよう。せっかくまたつながった家族の縁を、もう壊すでないぞ」

「は、はい」

杉松の背中が丸くなった。

奉行は頷いて、言葉をつなげた。

「双方の過料は、勝木屋の評判に傷をつけた償いとして、勝木屋富右衛門に支払うこととする。以上、これにて一件落着」

奉行の喉がぴしゃりと閉じた。

茣蓙の上では、皆が笑みを浮かべて、手を取り合っていた。


暁屋の中庭で、数馬は木刀を振り下ろす。

七重が薙刀の稽古をしていた姿を思い出し、じっとしていられなくなったためだ。

「数馬殿」

廊下から声がかかった。左内が懐手をして、庭へと下りてくる。

「気張っておるな」

「あ、はい。身体がなまらないようにと思いまして」

「ふん、聞いたぞ」左内がにやりと笑う。「なにやら、おもしろそうなことをするらしいな。伊助さんを誘ってわたしをのけものにするとは、冷たいではないか」

「あ……」数馬は腕を下ろした。「しかし、おもしろいというほどのことではないのです」

「なにを言うか。そなたの大事なのであろう」

「はあ、それはまあ……」

「ああ、よい、仔細は聞かぬ。とにかく水臭いことはなしだ。わたしも混ぜろ。喜平殿にも話を通した」

笑顔で肩を叩く左内に、数馬の胸の奥が熱くなる。

言葉が見つからないまま、数馬はゆっくりと頭を下げた。


奉行所から、皆がそろって暁屋に戻って来た。

杉松親子と勝木屋親子の四人が、自然に円になって座る。

お吹が用意していた茶と菓子を並べると、円のなかに茶の湯気が揺らめいた。

そのまわりに、数馬や左内、友吉らも集まって、お白州の顚末を聞いた。

「ほう、やはり大岡裁きだな、温情がある」

左内の言葉に、友吉も頷く。

「これから先のことまで考えてくださるとは、ありがたいことですね」

そのやりとりに数馬も黙って頷きつつ、奉行が言ったという言葉を胸の内で反芻していた。家族の縁か……失った年月を、取り戻すことなど、できるのだろうか……。

いやいや、と喜平が笑顔を拡げる。

「所払いとは、なんとも憎い心遣いです。住んでいた町を離れればそれでいいのですから、どこにでも家移りできる。深川に移れ、という御配慮でしょう。近くに暮らせば、情も通い合うものです」

その言葉に、杉松はうなだれて首を振った。

「いや、あっしは今さら元木場には戻れねえ。おはまさんだって、あっしと顔を合わせるのは気まずいでしょうし、こっちも居心地が悪い」

「ああ、それなら」市右衛門が言う。「行徳のわたしの家に来ればいい。のんびり過ごせば、病もよくなるだろうよ。なに、お艶がいるが気兼ねはいらないし、元気が出たら、また大工でもやればいい」

「それはいい」富右衛門も笑みをみせる。「あの家もあちこち傷《いた》みが出ているから、兄さんがいれば直してもらえるし、ちょうどいい」

「ああ、それくらいのことはできる」

杉松は気恥ずかしそうに頰を歪めながらも、笑う。

「あのう」虎市がおずおずと口を開いた。「それなら、あっしも行っていいでしょうか、行徳に……」

皆から驚きの表情が向けられると、虎市は慌てて手を振った。

「あ、いや、すぐにってわけじゃねえんで。安芸屋さんの工事が途中なままでは申し訳ねえですから、あれをちゃんと終わらせます。そのあとに行って、あっちで大工をするってえのはだめですかい」

「けど、おまえは棟梁の……」

杉松の怪訝そうな面持ちに、皆も無言で顔を見合わせる。そこに、左内がはっきりと言った。

「虎市さんは、棟梁の娘さんと夫婦になるのであろう。そんな遠いところへ行くのは、まずいのではないか」

うっ、と虎市の首が縮まって、うなだれた。

「いや、実は……お梅ちゃんには振られたんです」

誰もが声にならないまま口を開けると、虎市は肩をすぼめて言葉をつなげた。

「お梅ちゃんは、気の荒い男とは夫婦になりたくない、と言ったそうで、棟梁に頭を下げられちまって……」

「なんだとっ」

杉松が怒気を顕わに、袖をまくり上げる。

皆が息を呑んで見つめるなか、杉松は拳で息子の二の腕をこづいた。

「まったく、おめえまで許嫁に振られたのか。親子揃って、なんてえざまだ」

杉松は笑い出す。

喜平はほっと息を落とすと、微笑んだ。

「いや、振られることなど、よくあることです。それを裏切られたと考えれば怨みになるが、ただ嫌われただけだと思えば、そのうち笑い話になるものです」

「そうだそうだ」左内が首を振る。「振られたということは、もっといい縁が待っているということだ。めでたいぞ」

なるほど、と同意する皆の声に、虎市の首がだんだんと伸びる。

杉松は笑いを放ったまま、息子の背中をぽんと叩いた。

「心機一転、ちょうどいいじゃねえか。おめえも行徳に来い。いい棟梁を探して、あっちでまた仕事をはじめればいい」

「いいんですかい」虎市は市右衛門の顔を覗う。「あっしは勝木屋さんにあんなことをしちまったのに」

「なに、おまえは父親の怨みを果たそうとしただけ……そう気に病まなくていい」

「そうですとも」

父の言葉に富右衛門も頷いた。

「そもそも、悪いのは木立屋だ。兄さんを遊びに引きずり込んで、おはまに悪口を吹き込んで、家をめちゃくちゃにしたのは、木立屋じゃないか。お艶さんのことをおっ母さんに告げ口したのだって、あいつらにちがいない」

「ああ、そのことだが……」市右衛門が頷く。「その告げ口の文を託したっていう男のことを、改めて聞いてみたんだ。文を受け取った丁稚は、今も店で働いているからね。そうしたら、乱杭歯の男だったと言っていたよ」

「番頭の喜八だ」

富右衛門が顔をしかめる。

杉松も真顔に戻った。

「木立屋……許せねえ」

「ああ、許せねえ」虎市も眉をつり上げる。「あげくにおいらまで手玉にとろうとしやがったんだ。ふざけやがって」

杉松は喜平に向いた。

「喜平さん、奉行所に訴え出るとか、公事にするとかして、なんとか罰を受けさせることはできねえもんですかい」

喜平は神妙な顔になる。

「ふうむ、お怒りはごもっとも。ですが、虎市さんは誘いかけられたものの、断ったために、なにも起こらずじまいでしたな。杉松さんのほうは、いかんせん、昔の話ですから、奉行所も聞いてはくれないでしょう。だいいち、陥れられた、ということを証し立てるのは難しいものです」

杉松は口を曲げる。

「確かに、遊びに誘われて、乗っちまったのはこっちだ。馬鹿だったと、今になりゃあ思う。けれど……あんまりにやり口が汚ねえ。一発、殴ってやらなけりゃ、腹の虫が収まらねえ」

杉松が拳を振り上げる。

「一発、ですか」喜平が顎を撫でた。「それならお手伝いのしようもありますな。どこかの暗闇で、ちょっと痛い目に遭わせればいい」

勝木屋一家が互いに顔を見る。

「あの」富右衛門が口を開く。「それなら、三日後に、材木問屋の寄り合いがあります。わたしも行くし、木立屋も来る。番頭も出ますから、あっちの喜八も来るはずです。お開きはだいたい、夕暮れになりますし……」

「ほう、それは好都合……よし、やりましょう」

喜平の目が光った。

部屋に戻った数馬のもとに、伊助と左内がやって来た。

「三日後に木立屋の裏始末をするなら、その前にやっちまうってえのがいいんじゃないですかい」

伊助の提案に、左内も頷く。

「そうだな、では、明後日《あさって》はどうだ。その赤坂の屋敷というのは、ふだん、主がいないのであろう。であれば、昼間、入るのがいいのではないか」

「へい、隠し場所を探すには、明るいほうが好都合ですな。このさい、正面から堂々と入りましょう」

二人の言葉に、数馬は「はい」と頷いた。

「あの、それと、わたしの従兄も加勢につけたいのですが」

「ほう、従兄がおるのか、よいではないか」

左内の返答に伊助が続ける。

「それなら、見張りをお願いしやしょう」

「はい、では、話しておきます。明日、来ることになっているので……溜池で待ち合わせることにします」

「そうだな、では、午後の未《ひつじ》の刻がいいだろう」

左内の言葉に、数馬は頷く。

「よろしくお願い致します」

頭を下げる数馬に、左内と伊助が笑顔になる。

「いや、血が沸き立ってくる。こうでなくてはいかん」

「まったくでさ。たまには難しい仕事もしねえと、腕がなまっちまう」

「ありがとうございます」

礼を言いながら、数馬は心の中で七重に呼びかける。

もう少し、がんばってください。必ず、勝ってみせますから……。

芝愛宕下、秋川藩上屋敷。

七重はその上屋敷の奥にいた。

姉の雪乃と向かい合い、声をひそめる。

若殿様の奥方である雪乃はこの奥まった部屋にこもったままのせいか、顔色がいつも抜けるように白い。赤味のない頬を見ながら、七重はさらに声を落とした。

「では、父上からはなにもお話を聞いていないのですか」

「ええ、奥女中から噂として聞いたあと、縁談の話はなにも伝わってはきませぬ」

首を振る雪乃の言葉に、七重は唇を噛む。その険しい表情に、姉はそっと妹の肩に手を置いた。

「どのような話であれ、意に沿わぬものなら、お断りなさい」

「なれど……わたくしの一存が、波風を立てることになれば、姉上にも迷惑がかかりましょう」

まあ、と雪乃が目を見開く。

「そのようなこと、気にせずともよい。そなたの思うようになさい。母上が生きておられたら、きっと同じことを言いますよ」

「いいのですか」

「ええ」

雪乃は静かに頷く。

「わたくしは抗《あらが》う力がないだけ。そなたにはあるのですもの。できることはなさい」

「姉上にも、抗いたいお気持ちがあったのですか」

意外そうに目を瞠る妹に、姉は苦笑を見せた。

「そう……なれど、わたくしは心がはっきりとしないのです。なにが望みなのか迷っているうちに、ものごとが決まってしまう。そのときに、少し思うところがあっても、飲み込んでしまうのです」

「まあ……」

「ええ、心がはっきりとしているそなたにはわからないでしょうね。わたくしは耐えることが習いになってしまっているのです、きっと。なれど、小さな我慢をすると、それがのちのち大きな悔いになるものです。悔いを持たぬように生きなさい、そなたは……」

「はい」

七重はきっぱりと頷いた。

第六章　手と手

一

赤坂の溜池の畔で、四人は声をひそめて言葉を交わしていた。数馬と左内、伊助に、従兄の新一郎も加わっていた。

「では、説明したとおりにお願いします」

伊助の言葉に、新一郎が頷く。受け取った釣り竿や編み笠などを手に、新一郎は座る場所を見まわす。

「では、わたしたちは行って来ます」

数馬はささやいて、歩き出した。

三人の姿を見送りながら、新一郎は編み笠を被ると、座って釣り糸を池に垂らした。

愛宕下の上屋敷から赤坂の屋敷に行くには、溜池の横の道を通る。新一郎はその道が見通せる場所に腰を下ろし、釣りをするふりをしながら、笠越しにその道を見つめた。もしも、加瀬嘉門がやって来たら急いで知らせることになっている。

新一郎は先ほど初めて会って、言葉を交わした二人を思い起こしていた。あの左内様というお人はかなり腕が立ちそうだ。それに、伊助さんという男……こんな釣り竿や笠まで用意をしてきて、なんともぬかりがない。しかし、これは……新一郎は伊助に渡された小さな筒を懐で握りしめた。こんなものが本当に役に立つのかどうか……そう、首を傾げつつも、いや、とその首を振る。加瀬嘉門が来ることはないだろう、大丈夫だ、と己に言い聞かせる。

新一郎は三人が歩いて行った道を見て、その姿がすでに角を曲がって消えたことを確認した。

道を曲がった三人は、ゆるやかな坂を上がっていた。両腕で長い木箱を抱えた数馬のあとに四角い箱を抱えた伊助が続く。左内は手ぶらで、先頭を歩いていた。

「あそこです」

数馬が顎で先の門を差し示す。

「ふむ、中間《ちゅうげん》が二人に女中がひとり、それに浪人がひとりだったたな。大したことはあるまい」

そう言いながら左内の足が速まる。

門に立つと、左内は中へと向けて大きな声を放った。

「ごめん、加瀬様の御用で参った」

少しの間を置いて、脇の扉が開いた。中間が顔を覗かせると、左内は中へと踏み込み、二人もそれに続く。年かさの中間のうしろには、浪人が控えていた。三白眼《さんぱくがん》でじろりと三人を見るが、左内は胸を張ってそれを見返す。

「加瀬嘉門様のお屋敷でまちがいありませんな」

「へい」

中間が腰を折ると、数馬は前に出て、抱えた木箱を掲げた。

「加瀬様がお求めになられた刀をお持ち致した」

伊助もそこに並んで、箱を突き出す。

「刀掛けに掛けて、ちゃんとしておくようにと言われまして……加瀬様の居室はどちらでしょうか」

「はい、では、こちらへ」

中間は背中を見せ、浪人も肩の力を抜いて、屋敷へと戻って行く。

玄関を開けると、上がり框に女中が正座をして指をつく姿があった。話し声に、主が来たのだと思ったらしい。が、見知らぬ客であったことに戸惑ったように、女中は一礼をして、そそくさと奥へと消えていった。

「どうぞ」

中間が廊下を先に行く。

三人は長い廊下を進んで、南向きの部屋へと通された。

「おお、これが言っておられた床の間だな」

左内がつかつかと入って、床の間に向き合う。

「かたじけない」数馬は中間に礼を言う。「では、あとはこちらで致します」

箱をうやうやしく掲げる数馬の横で、伊助は箱を置いて紐を解く。

そのようすに「はい」と中間は頭を下げて、出て行った。

足音が去ったのを確かめると、三人は部屋の中を見渡した。

大きな戸棚があり、上に引き戸、下には引き出しが並んでいる。が、鍵はついていない。

数馬はすぐに上から開けはじめた。伊助は下の引き出しから開ける。

書状や書物をひとつひとつ、開いて中を見る。

「どうだ」

覗き込む左内に、数馬は首を振った。

「まだ、それらしいものはありません」

見た痕跡が残らないように、そっと元どおりに戻す。

「なんだ、こりゃ」

伊助の声が上がった。それに反応して覗き込む数馬に、伊助は手にした紙を掲げて見せた。

「金貸しの証文でさ。相手も武士だ」

ほう、と左内の失笑がもれる。

「同輩相手に金貸しをしているわけだな。大した御仁だ」

まったく、と伊助も笑いながら、証文をそっと戻す。

数馬は反対側の引き戸を開けて、中の文箱をつかみだした。畳の上に置くと、それを開ける。左内も手伝いの手を伸ばして、おっと声を上げた。

「見ろ、枕絵《まくらえ》だ」

艶めかしい男女の絵が描かれた春画を拡げて、左内が笑いをもらす。

「いやはや、金にも色にも欲の強い男というわけか」

数馬は息を落とす。が、すぐに気を取り直して、また戸棚に手を入れた。つぎつぎに箱や書を開くが、そのたびに首を振る。

伊助も引き出しの上段まで、見終わっていた。

「ふうん」

伊助は戸棚から一歩下がって、口を曲げる。そのまま、考え込むと、ぽんと手を打った。

「わかった、ここじゃないんだ」

振り向く二人に、伊助が指を振る。

「そら、さっきの女中ですよ。若いし、妙にあだっぽかった。それに女中にしちゃ、いい着物を着てたじゃありませんか」

数馬は思い出そうとするが、まともに見ていなかったことに気づくだけだった。伊助が指を止めて言う。

「ありゃ、妾でさ」

「なるほど」

左内も手を打つ。

「表向きは女中で実は妾……よくある話だ」

「そうでさ。おまけに妾はずっとこの屋敷にいる」

「そうか」数馬も頷いた。「妾の部屋にある、というわけですね」

「そうでさ。大事なものなら、人の目がいつでもあるところに置くもんです」

伊助は廊下を目で指し示す。三人は足音を忍ばせて、部屋から出た。

「妾の部屋なら、きっと一番奥です」

伊助が先に立って、進んで行く。

障子の前で、伊助は耳をそばだて、頷いた。

「気配がありまさ。一気に行きますよ」

言い終わらないうちに、伊助の手が障子を開け、中に飛び込んだ。女が声を上げる前に、その口を塞ぐ。

「悪いが、ちっと静かにしてておくんなさい」

伊助はそう言うと、左内を見上げた。懐から手ぬぐいを出した左内は、女の口を縛る。伊助は紐を出して、足と手首を縛り上げた。

数馬は戸棚を見つけて走り寄る。

「見てください、鍵がかかっています」

どら、と伊助もそこに寄った。

一番上の大きな引き出しに、頑丈そうな鍵穴がついていた。

溜池の畔で、新一郎は腰を浮かせた。

加瀬嘉門が歩いて来る。

しまった、と新一郎は高鳴る動悸を抑えようと息を呑み、腰を落としてその姿を見つめる。加瀬のうしろには若い武士の姿も見える。

あれは確か、甥の加瀬定之だ……新一郎は唾を飲みながら、そっと懐に手を入れた。

伊助に渡された細い筒を取り出し、言われた言葉を反芻する。

「いいですかい、これは笛です。高い音が出ますから、遠くにも聞こえます。けど、ふつうは鳶《とび》の鳴き声だと思うので、気にしません。もし、敵が来たら、これを三度、長く吹いてください」

新一郎は息を整えて、その笛をくわえた。

思い切り、息を吐き出す。

ぴぃー、と高らかな響きが上がる。

その音の高さに怯《ひる》んで、新一郎は思わず笠越しに周りを見た。が、誰も気にしていない。仲間の呼び声だと思ったのか、空に鳶がやって来た。

新一郎はもう一度、笛を吹いた。さらに、三度目の音を響かせる。それは長く、高く、空へと響き渡った。

「しまった」

伊助は棒を操る手を止めて、振り返った。

「敵が来ましたぜ」

「えっ」

顔を見合わせる数馬と左内に、伊助は顎をしゃくる。

「今、新一郎様に渡した笛が、三度、鳴りやした。加瀬嘉門が来た知らせです」

「そういえば、音がしたような……」

うろたえる数馬に、伊助は頷いて、再び手を動かした。

「くそっ、大した錠だ」

そう言いながら、伊助が舌を打った。

加瀬嘉門と甥の定之は、坂を上って門へと近づいていた。

「この屋敷を知る者はごくわずかしかいない。そなたも友であろうと言うでないぞ」

伯父の言葉に、甥が素直に頷く。

「はい、承知しております」

門が目前に見えてきた。

鍵穴に向かう伊助の息が詰まる。

「いっそ戸棚ごとぶち壊すか」

左内の焦る声に伊助がいや、と首を振る。

手の動きが細かくなる。と、同時に声が上がった。

「おっ、開く」

がちりと音が鳴った。

数馬は引き出しを引く。

中には、閉じられた書物が数冊、重なっている。それを出して、開き、数馬は目を走らせた。

「これ、これです」

「よし、こうなったら、全部、持ち出してしまえ。どうせ、ことはばれる」

ちらりと妾を見て、左内は二冊を懐に入れた。数馬と伊助も同じように、二冊ずつ、懐にしまい込んだ。

「よし、行くぞ」

三人は廊下へと出た。

加瀬嘉門と定之は門から玄関へと向かっていた。

「刀だと……なんだ、それは」

来客を告げる中間に、加瀬は顔をしかめる。

「へえ、旦那様の仰せのとおりに刀掛けに掛けると言って、中でやっています」

「中、だと……」

加瀬の顔色が変わり、玄関へと走る。と、その玄関が開いた。

三人が飛び出して来た。

「なにやつっ」

加瀬が刀の柄《つか》に手をかける。定之は前へと進み出て、白刃を抜いた。屋敷から、浪人も飛び出してくる。

左内もすらりと刀を抜く。

「しかたない、やるか」

数馬もその横に出て、刀を構えた。

その姿に、定之があっと声を上げ、嘉門を振り返った。

「伯父上、あの者、矢野数馬です」

「なんだと」

加瀬の目が見開く。

数馬もまた驚きに目を瞠った。数馬は相手におぼえがない。それなのに、あちらが己を知っていることが意外だった。その驚きが勢いとなり、刀を握る手を振り上げさせた。

前に立って行手を阻もうとする定之に、数馬の剣が振り下ろされる。

迎え撃った定之の剣がぶつかり、重い音が響く。

「なにをしてる、やれ」

加瀬の怒鳴り声に、浪人が左内に切りかかる。

応戦する左内の刃が鳴った。

「すまんな」

左内は浪人の腕に斬りつける。開いた手から刀を打ち落とすと、肩に打ち込んで、まわり込んだ。うなじを峰で打つと、浪人はうめき声を上げて崩れた。

数馬は剣を構えたまま、定之の顔を見つめた。やはり見おぼえはない。知らぬ間に探られていたのだと気づき、歯ぎしりをする。

「とうっ」

定之が刃を振り下ろす。

数馬はそれを躱《かわ》し、脇腹に打ち込む。

定之の身体がゆらぐ。数馬は柄《つか》を手の中でまわし、峰でその背中を打った。うめきとともに身が折れて、膝をついた。

「こやつ」

加瀬も刀を抜く。

伊助はその脇を走り抜けると、二人に声を放った。

「外へ……」

走り出す数馬と左内を、加瀬が追おうと身を翻す。伊助はその足に、細い小刀を投げつけた。二本の小刀が左右の腿に刺さる。

三人は一気に門を抜け、外へと走り出た。

振り返るが、誰も追って来る者はない。

そのまま坂を下る。

数馬は懐の書物を、手で押さえ込んでいた。

二

風呂敷包みを小脇に抱えて、数馬は下屋敷の裏口をくぐった。辺りを見て、人影がないのを確かめる。

そのまま身を伏せるようにして、まっすぐに井上武部の部屋へと向かう。

「井上様」

呼んでも返事がないことに苛立ち、数馬は勝手に部屋へと上がり込んだ。

誰もいない部屋でやっと人心地がついて、数馬は息をついた。

耳をそばだて、外のようすを探る。と、廊下に足音が近づいてくるのが感じ取れた。

片膝を立てて、刀の柄に手をかける。

障子が開いた。

「やっ」

驚きの声を上げたのは武部だった。

柄から手を離し、数馬は正座をして、頭を下げた。

「お許しください。勝手に入りました」

「おお、驚いたぞ。そなたらしくもないな」

武部は向かいに胡座をかくと、数馬の顔を覗き込む。

「すみません、いろいろと……」そう言いながら、数馬は包みを前に置いて、結びを解いた。六冊の書物が現れ、数馬はそれを一冊ずつ、武部の前に並べた。

「加瀬嘉門の屋敷から盗み出してきました。皆、帳簿です」

「なんと」

武部はすぐに一冊を手に取り、中を開く。じっと目で追うと、その顔を上げた。

「確かに……そなた、本当にやりおったか」

「はい」

武部はほかの五冊も手にとって中を確認する。めくるに従って、その目が輝きを増していく。

「でかした」

武部が笑顔になる。

「いや、するなと止めたものの、やるのではないかと懸念……いや、期待もあったのだ。実は加瀬殿のこと、国元の大目付様にもお知らせをしたのだ。したら、帳簿の突け合わせをしようと、大目付様は今、国元に出された帳簿を持って、こちらに向かわれておるのだ」

「え、片桐様がですか」

「うむ。これと突き合わせをすれば、不正は明々白々。これで藩の汚れをきれいにすることができますぞ。大殿様にもようやく御報告できるというものだ」

「あの、そうすると、江戸家老、望月様はどうなるのでしょう」

「ふうむ」武部の口が曲がる。「それは大殿様の御裁量次第……どのような御裁可を下されるか、わたしにはわからぬな」

数馬は声を落とす。

「七重殿はどうされていますか」

「ああ、今は上屋敷に行かれておる。姉上と会われているのであろう、心配はいらぬよ。それよりも、わたしもそなたに話したいことがあったのだ。実は……」

武部の神妙な面持ちに、数馬は姿勢を正す。

「実はだな、このあいだ、そなたのことを大殿様に追究されてな、本当のことを話してしまった」

「は、本当のこととは……」

「だから、そなたが千代と大殿様の息子であることよ。いや、うすうす感づかれておられたようでな、詰め寄られて、わたしもとぼけることができなんだ」

数馬は息を呑む。武部はうれしいような困ったような顔で、頷く。

「まあ、そういうわけなので、どうだ、これから改めて親子の対面をしては……」

数馬は膝をすって腰を引いた。

「いえ、今は……実はわたしもお伝えしたいことがあります。加瀬嘉門の屋敷に行ったときに、相手と顔を合わせてしまったのです。そのとき、加瀬を伯父上と呼ぶ若い者がいっしょにいたのですが、その者がわたしの顔を見て、矢野数馬だと、名を言ったのです」

「なんと……そうか、加瀬殿には甥がいたな、定之と言ったか。では、その甥を使って探っていたということか」

武部の驚きの目に、数馬が神妙に頷く。

「はい。ですから帳簿を盗み出したのがわたしであることも、あちらは知っています。今日は、これを届けるために来ましたが、勝手に上がり込んだのも、人に見られてはまずいと思ったからです」

「ふうむ、確かに……わかった、では、急ぎ、帰るがいい。人に見られぬようにな。

それと気をつけるのだぞ。相手がどう動くかわからんからな」

「はい」

数馬は息をひそめて頷いた。

上屋敷の庭で、七重は都忘れの花を持って、茶室へと入った。

こぢんまりとした茶室の隅で、花を花器に活《い》ける。手元で揺れる青紫の可憐な花だけが、静かな茶室の中の、己以外の命だった。

細い茎を切っては、水に差す。さまざまな思いが心を乱し、茎を短くしすぎたことに気づいて、七重は溜息を落とした。

その静けさのなかで、耳が外に向いた。

誰かが、茶室の裏に隠れるように、やって来た気配が感じられた。

円い窓の障子を通して、若い男の話し声が洩れてくる。

「では、加瀬様の屋敷に押し入った者が矢野数馬だというのか」

「ええ、そうです。はっきりと顔を見ました。まちがいありません」

七重の息が詰まった。矢野数馬……その声はまちがいなくそう言った。七重は耳をそばだてる。

「隠し帳簿を盗み出すとは、やつはなにを知っておるのだ」

「ええ、不覚でした。まさか、そのようなことをするとは……」

「矢野数馬が山名総次郎ではあることは確かめたのか」

「それも確かです。従兄の田崎新一郎が、二回も訪ねて行ったのですから。本物の矢野数馬が国にいることも確認しています」

「もう、ためらっている余地はない、ということか」

「はい、消せ、という伯父上の命令です」

「しかし……殿の弟君《ぎみ》であられるのだぞ」

「だからです。これは、御家老様よりの御下命です」

七重は手で口を押さえた。そうしなければ、声をもらすのではないかと思えたからだ。唾を呑む音がしないように、ぐっと喉を詰まらせた。

「もともと、山名総次郎は国で始末するはずだったのです。それが逃げられて、このような顚末にまで……やつを殺して帳簿を取り戻さねば、望月家も加瀬家も、いえ、配下もろとも存亡の危機となるのです」

「確かに……では、今度こそ、失敗せぬように、綿密にやらねばなるまいな」

「はい、明日にでも、密かに集まりましょう」

話し声がやんだ。

二人の足音が左右に別れて遠ざかって行く。

七重は汗ばんだ手を、ゆっくりと開いて見つめた。握っていた都忘れの葉茎が、手の中で緑色に砕けていた。


夕暮れの永代橋を、暁屋の一行が渡る。喜平、友吉、そして数馬、左内に虎市と杉松の親子もいっしょだ。

黄昏の朱色は、薄闇のなかに溶け込もうとしている。

深川に渡った一行は、埋め立てをしている元木場の貯木場に向かった。池の畔で、人影が振り向く。

「おや、市右衛門さんじゃありませんか」

喜平が近づくと、市右衛門は「どうも」と腰を曲げた。

「富右衛門に聞きましたもので、やって来ました。木立屋を一発殴るのなら、わたしもそれを見たいと思いましてな。本当なら、この手でやりたいところだが、この年では骨が砕けてしまいそうですし」

ははは、という笑いに、杉松も強ばらせていた頬を弛める。

「おっ父つぁん、おれはこれでけじめをつけるつもりだ。もう、終わっちまったことをぐじぐじと怨むのはやめだ」

「おお、そうか……」市右衛門は目を瞬《しばたた》かせる。「そう思うか……そいつはよかった。おまえを今さら跡継ぎに戻すことはできないから、どうすれば気がすむのか、考えてはいたんだよ」

「よしておくんなさい」杉松は顔を背ける。「富右衛門の旦那ぶりを見て、つくづくおれは大店の主には向いてないとわかったんだ。怨んだことがおかどちがいだったんでさ」

杉松は息子の虎市を見た。

「こいつにもすまねえことをしちまった。おれの怨みをおっかぶせて、長い年月を無駄にさせちまって……」

虎市は黙って唇を嚙む。数馬はその口惜しそうな表情を見て、自らも唇を嚙む心持ちになった。長の年月を思うと、いたたまれないにちがいない。

「なに」市右衛門は細めた目で孫を見る。「そのおかげで腕のいい大工になれたと思えばいい。富右衛門の息子は不自由なく育ったせいで馬鹿息子になってしまったが、虎市はこんなに立派になったんだ。怪我の巧妙とはこのことだ」

虎市の顔が明るくなる。

喜平も横で頷いた。

「いい腕を持っていれば、どこに行ってもやっていける。自身がお店のようなものですよ。こんなに強いことはない」

虎市に薄い笑みが浮かぶ。

「そうでやしょうか」

うんうんと皆が頷く。

空は薄闇が拡がり、月が白く輝きはじめた。

友吉がその輪から、身を乗り出して、道の向こうを見る。

門前仲町の方向から、提灯の明かりが揺れながら近づいてくる。

「富右衛門さんですよ」

友吉の声に、皆が首を伸ばした。

富右衛門と提灯を持った番頭がやって来る。富右衛門は番頭をそのまま帰すと、ひとり、皆の輪の中に入って来た。

「寄り合いが終わりました。木立屋もすぐにやって来ます。番頭の喜八もいっしょだからちょうどいい」

暗がりから、一行は道を眺める。提灯を揺らしながら、近づいてくる人影を確かめて、友吉が灯りを掲げてすっと道に出た。

「木立屋さん」

はっ、と足を止める二人に「ちょっとこちらへ」と友吉が提灯を向ける。

「なんですかな」

やって来た二人の前に、杉松が進み出て、同時に皆がばらけて周囲を囲んだ。

「な、なんだというんだ」

狼狽する木立屋の前に市右衛門が進み出る。

「わたしの顔はわかりますかな、木立屋十兵衛さん」

向かいから睨みつける市右衛門の顔を、友吉が提灯で照らす。眼を眇《すが》めて見つめた十兵衛はあっと声を上げた。

「勝木屋の……」

「はい、先代の市右衛門ですよ。ずいぶんとお久しぶりですな。で、ここにいるのが……」

市右衛門は杉松を顎で差す。

「長男の杉松です。いやはや、つい最近になって、十兵衛さんに、昔、ずいぶんとお世話になったことがわかりましてな、こうして挨拶に来たんですよ」

「なんのことだ」

肩をいからせる十兵衛のうしろで、番頭の喜八が腰を引いてささやく。

「旦那様、帰りましょう」

「おっと、そうはいかない」

左内が喜八の背をうしろから手で押した。

「はい」と喜平が頷く。「そちらの喜八さんがやったこともわかっているんですよ。ここできちんと詫びてもらいましょうか」

喜八は大きく、首を横に振る。

「し、知らない……」

怯える喜八に眉を寄せると、十兵衛は胸を反らして、前に並んだ勝木屋の一家を見据えた。

「一体全体、なんのことだか……ふん、ちょっと商いがうまくいったからといって、いい気になって親子揃って放蕩三昧をして……あげくに恥をかいたことを人のせいにでもしたいというのかね」

「ほう、これは白《しら》を切りなさる」喜平はずいと前に出た。「長男の杉松さんを遊びに引きずり込んだのも、悪い噂を許嫁に吹き込んだのも、そちらの若い衆のやったこと。市右衛門さんの別宅をお内儀に告げ口したのは、そこにいる喜八さんのしたこと。あげくに、賭場のことまで告げ口したのは、わかっているんですよ」

喜八の首が縮まる。が、その横で、十兵衛は「ふん」と鼻を鳴らした。

「新参者が分をわきまえずに調子に乗るから、礼儀を教えてやったまでのことだ」

市右衛門は苦笑を浮かべて首を振る。

「はい、人の嫉《そね》みというのは恐ろしいものだと、確かに身をもって知りましたよ。おかげで倅の代には、お店も小さく造るようにしましたからね」

「ほう、そうでしたか」

喜平は感心したように頷く。が、その顔を十兵衛に向けると顎を上げた。

「しかし、嫉むのは道理はずれ。潰すべきは相手ではなく、人を妬《ねた》む心のほうだ。人の商いや暮らしを妬めば、苦しくなるのは御自分の心ですぞ」

「なにをえらそうに言うか」

十兵衛は喜平を睨《ね》めつける。

黙ってやりとりを聞いていた富右衛門は、溜息を落とし、首を振った。と、すぐに顔を上げて、十兵衛を見ると、冷ややかに口を曲げた。

「そういえば以前寄り合いで、十兵衛さんは泳げないのだと話していたことがおありでしたね」

「な……」と、十兵衛が威嚇をするように腕を持ち上げる。

「それが、なんだというのだ」

富右衛門がちらりと喜平を見る。

「ほう、それは」

喜平は笑みを浮かべると、背後の貯木池を振り返った。

「では、ちょうどいい」

喜平は十兵衛の腕を引っ張ると、間髪を入れずにその身体を突き飛ばした。

大きな水音を立てて、十兵衛が落ちる。

ばしゃばしゃと水を掻く音が響き、十兵衛のわぁわぁという声がそこに混じる。

「旦那様」

駆け寄った喜八が腕を伸ばし、十兵衛がそれをつかんだ。

「おっと、そこまでだ」

杉松が喜八の背中を踏む。腕を伸ばしたまま喜八は動きを止め、その手にすがる十兵衛も水の中でもがき続ける。

「おい、詫びてもらおうじゃないか」

背を踏んだまま、杉松が十兵衛を見下ろす。が、十兵衛は手で水を跳ね上げた。

「誰が、おまえなどに詫びるものか」

しぶきを浴びた杉松は、袖で拭うと、背筋を伸ばして脚に力を込めた。

「それじゃあ、しかたがない」

「いや」そこに虎市が割って入った。「おいらがやる」

足で、喜八を蹴る。

再び水音が立ち、喜八も落ちた。

「あ、あたしが詫びます」喜八が水を飲みながら、叫ぶ。「すいません、すいません、堪忍してください」

勝木屋一家がそれを覗き込んだ。

水の中の二人は、互いに相手を押しのけて、岸に近づこうともがき続ける。

水を飲んでは咳き込み、顔がだんだんと白くなっていく。

「ああ、もういいだろう」

市右衛門の言葉に、杉松も頷いた。

「へん、ざまあねえや」

その横から、富右衛門が腰をかがめて、水の中の二人に笑いかけた。

「落ち着いて足を伸ばして御覧なさい。今は引き潮だ」

水の中の二人が、顔を見合わせる。

ばたつかせる腕を止めて、おそるおそる脚を伸ばしているのが見てとれた。身体がまっすぐに立ち、首から上が水面に出た。

虎市が笑い出す。

「へっ、みっともねえざまだ」

「まったくだ」

杉松も市右衛門も吹き出した。

「いや、胸がすきましたね」

富右衛門の言葉に、勝木屋一家が頷き合う。

「これでいいですかな」

喜平の言葉に「はい」と声が揃った。

「では、引き揚げますか」

踵を返す喜平に、皆が続く。

水の中から顔を出す二人を、一行が振り返る。

濃紺の空に月が丸く浮かび、その光が水面にも揺れていた。

三

朝の日射しの中、七重は下屋敷に戻って、まっすぐに武部の部屋へと急いだ。

「武部殿、おられましょうか」

廊下から呼びかける声に、武部は口をもごもごとさせながら、障子を開けた。朝餉をとっていたところで、まだ口の中に最後の漬け物が残っている。

「これは……」

驚く武部の横をすり抜けて、七重は中へと入って行く。口中の物を飲み込んで、武部は七重に向かい合った。

「いつ戻られました」

「たった、今です。朝餉はとらずに上屋敷を出て参りました」

七重の急いたようすに、武部は姿勢を正した。

「はて、なにかありましたかな」

「武部殿、数馬様にはもうひとつ、山名総次郎というお名前があるのですか。上屋敷で、ひそかに話しているのを聞いたのです。武部殿は知っておられるのでしょう。お話しください」

身を乗り出す七重に、武部は思わず引きながら、言葉を探した。じっとを目をそらそうとしない七重に、腹を括《くく》ったように、武部は息をついた。

「はい。もろもろ、そういう流れが来たのですな、話しましょう」

咳払いをすると、七重から顔をそらして、天井を見た。

「わたしには国に千代という妹がおりましてな、器量よしであったので、城に奥女中として奉公に上がりました」

「千代……」

目を見開く七重を見ないまま、武部は続ける。

「はい。大殿様が、まだお若いお殿様であられた頃です。そして、千代は殿の御寵愛を受け、懐妊しました。が、それよりしばらく前、御側室がお産みになられた男の子が不審な死を遂げていたために、その懐妊は秘密にされました。そして、我が屋敷に宿下がりで戻り、子を産んだのです。男の子でした」

七重が手を握りしめるのを感じ取りながら、武部は目をつむる。

「しかし、千代は産後の肥立ちが悪く、まもなくして死にましてな、お子はひそかに、よき家臣の家に、養子として引き取られたのです。殿はそのお子に千代丸と名付け、幼き頃にはしばしば、お忍びで会いにも行かれたそうです。無事に育つか、心配されたのでしょうな」

「千代丸、とは……では……」

七重の震える声を聞き流して、武部は目を閉じたまま言葉をつなぐ。

「養親となった父親は山名行直、母の名は妙といったそうで、千代丸はそこで大事に育てられ、元服して総次郎という名をつけられた、というわけです」

七重が膝を進める。

「では、やはり、数馬様がその山名総次郎なのですか。では、なれば……数馬様は大殿様のお子というわけですか。されば、皆が噂をしていた若殿様の弟君というのは、数馬様のことなのですか」

武部の袖をつかんで、七重が顔を覗き込む。

武部はゆっくりと頷いた。

「なぜ……」七重はその袖を引っ張る。「わたくしにおっしゃってくださらなかったのです。知っていれば、もっと……わたくしだって、お力になれたはず……」

武部は顔を引いて、七重を見る。

「確かに、ただそれだけであったなら、言うたとて差し支えはなかったでしょう。だが、ことはもっと面倒なことになっておりましてな……殿の御病気によって、事態が変わっていったのです。殿が卒中で倒れられたあと、若様がそのあとを継がれて、お国入りをされたのは、七重様も御存じですな」

「はい、お見送りを致しましたから」

「さよう……若殿は江戸生まれの江戸育ち、あのときに初めて国に入られたのです。国元では、それまでも江戸暮らしの若様の噂が、ときどきに伝えられていたそうです。されど、国の御重役らが若殿様に会われたのは、それが初めてだったのです。それから城中で暮らされるようになって、日に日に、若殿様のお人柄に触れ……まあ、正直に言えば、皆は愕然としたそうです。七重様なら、その意味がおわかりでしょう」

「はい。気が荒く、人を慈《いつく》しむ気持ちもなく、上に立つ者としての資質に欠けている、とわたくしは思うております」

武部はあわてて口に指を立てた。

「そのようにはっきりと口に出してはいけませぬ。ましてや、義理の兄上にあたるのですぞ」

「なれど、真《まこと》のことです」

動じない七重に、武部は苦笑する。

「まあ……要するに、そのようなことを誰もが思うたわけです。いや、それ以上に、なにかことでも起こし、改易《かいえき》につながるようなことにでもならないか、そう懸念した者も出てきたそうで……わたしはずっとこちらにおったために、知らないままでしたが、国では先行きを憂う方々が、集まったらしい。もともと国家老様とその御配下は……まあ、なんというか、江戸屋敷のことをよくは思うておらなんだようです」

「はっきり言ってくださってけっこうですわ。江戸家老たる父上のせいでございましょう。若殿様を甘やかして、あんなふうなお人柄にしたのも、父上にとってそのほうが御《ぎょ》しやすく、都合がいいからです。そのくらいのことは、わたくしも承知しております」

ふう、と武部が息を吐く。

「七重様は聡《さと》い……まあ、そういうことです。ですから、国家老様とその一派は若殿様の力をそごうと考えました。一部の者は千代丸様のことを知っておりましたから、このさい、その若様を表に出そうと言い出したのです。弟君として重役に就《つ》けて、若殿様を抑《おさ》えようと、誰ともなく言い出したようです」

「数馬様は、御存じだったのですか」

「いや、まったく……本人には出自のことすらも、知らされていなかったそうです。ですが、知る方々らは、常に人柄や文武の上達を見ていたそうで、人品に申し分なし、と判断をしたらしい」

「まあ……ええ、そうでしょうとも、数馬様ですもの」

誇らしげに鼻をふくらませる七重に、武部は笑いをもらす。

「はいはい、そうですとも。いや、だが……それがいけなかった。それほど優れているのなら、いっそ若殿様を排して、その弟君を藩主につけよう……そう言い出す者が現れたそうです」

「まあ……それは……」

「ええ、若殿様が亡くなれば、という動きです。怪我、病など、急死の元はいろいろありますからな。しかし、その動きを江戸家老様が察知なさった。こうなれば、もはや戦いです。されば、その落とし胤《だね》を消してしまおうと、手の者が動いたのです」

七重の口が開く。が、震える唇から、言葉は出てこない。

武部は顔をしかめて、話を続けた。

「ある日、育ての父である山名行直は、濡れ衣を着せられて切腹を命じられた。そして、総次郎の命を狙う刺客も放たれた。そこで息子をかばい、育ての母の妙は、斬り殺されたそうです」

「なんて、ひどい……」

七重の声が震え、武部も顔を歪ませる。

「ええ、これはあまりにも非道。わたしも国から来たお方に話を聞いて、驚きました。だが幸いなことに、山名総次郎はなんとか国を出て、江戸に逃れついた。そして矢野数馬として生きることになったのです」

七重は両手を強く握ってうつむいた。

「そんな……そのような目に遭われて、数馬様は、どのようなお気持ちであったのでしょう……」

「まったくです、わたしも聞いてつらくなった……まあ、ですから、わたしどもが逢ったのもぐうぜんではなかったのです。おそらく、数馬殿はこの下屋敷のようすを見に来ていたのでしょう。あの頃は、まだことの真相を知らなかったのですよ、数馬殿もこのわたしも……」

武部は、そのあとに国からやって来た大目付の片桐善右衛門から、真相を告げられたことを話した。

「いやはや、わたしもそこで初めて、数馬殿が甥であったと知ったのです。なんとも不覚の極みと、臍《ほぞ》を嚙んだものです」

七重は手を合わせたまま、ゆっくりと顔を上げる。

「聞いて、やっと、わかりました。父上が数馬様にとって敵《かたき》であるということも、わたくしには隠し通していたことも……」

「はい、七重様が父上とはちがうお人柄であるとわかったゆえに、よけいに言いづらかったのでしょうよ。知れば七重様がつらいお気持ちになるのはわかっておりましたからな」

七重は手をほどくと、それを膝に置いた。

「武部殿、こうしてはおれません。数馬様が危ういのです。わたくし、上屋敷で偶然、加瀬嘉門殿の甥らしき者が、誰かと話をしているのを聞いたのです。父上は、数馬様を亡き者にせよ、と命じたそうです。なんでも、帳簿を盗まれたとか、話しをしておりました」

「なんと」

武部が口を歪ませる。が、そのまま考え込むと、首を振った。

「いや、実はその帳簿は加瀬殿の不正の証《あかし》……数馬殿から受け取って、わたしめがすでに大殿様にお渡ししたのです。昨夜、国から大目付様も到着され、勘定奉行所に出された帳簿と突き合わせをしておるところ。それを踏まえて、大殿様もこれから御裁可をお考えになられるはずです。こちらが先手を打てるでしょうから、御心配なされますな」

「なれど、あの父上のなさることです」

「いや、そこまで短慮ではありますまい」

「いいえ、短慮です。そういうお方です」

苛立つ七重に、武部は声を落として言った。

「それよりも七重様、今、わたしめが話したことは、くれぐれも御内密に願いますぞ。あちらはよもや、すでに帳簿が大殿様に渡っているなどとは、考えておらぬでしょうからな」

「もちろんです、言いません。それよりも数馬様のお身の上が……」

拳を振る七重をよそに、武部は立ち上がった。

「わたしは大殿様と片桐様に、今のお話を伝えに行きます。上屋敷に移って、御裁可を急いでいただけるようにお願いしてみましょう。御安心なされ」

そう言って、廊下へと出て行く。

七重は「もう」と唇を噛んで、その背を見送った。

静まりかえった部屋で、七重は沈思する。と、その眼差しを前に据えた。

「よい、なれば、わたくしが……」

七重はすっくと立ち上がり、明るい廊下を歩き出した。

四

「数馬様」廊下から友吉の声がかかった。「お客様を御案内しました」

「はい」

返事をしつつ、新一郎殿か、とつぶやきながら、数馬は襖を開けた。が、そこに立つ姿を見て、数馬は絶句した。

立っていたのは七重だった。

背に荷をくくりつけている。手にも風呂敷包みを抱えている。

「ど、どうしたのです」

驚く数馬に、にっこりと笑って、七重は部屋へと入って来る。

「上屋敷から下屋敷に飛んで戻って、それからここに来たのです」

七重は正座をすると、胸で結んでいた荷の紐を解いた。重そうな荷物がずるりと下に落ちた。

　呆然とする数馬に、七重はきりりと背筋を伸ばした。

「数馬様、武部殿からすべて聞きました」

「すべて……」

「はい。この先はわたくしにもなんでも話してくださいませ。わたくしもお話し致します」

　数馬は目を丸くしたまま、向かい合う。七重は毅然として頷く。

「さっそく、お話し致します。父上が数馬様の命を狙っております。いっしょに逃げましょう」

「は……」

「配下の者に命じたそうです。短慮で非道な人の指図に、配下の者も愚かしく従うに相違ありません。遠くへ逃げましょう」

　肩をいからせる七重の姿に、数馬は逆に力を抜いた。

「いや、命を狙われているのは元からですので、今さらあわてる必要はありません。それに逃げると言っても、七重殿まで行く必要はあるのでしょうか」

「あります。わたくし、真相を知って、父上と縁を切る決意ができました。これ以上、関わりたくありません。それに、遠くへ行けば、縁談も消えてなくなりましょう」

にこりと微笑む。

「いや、その前に……」数馬は額を抑えてから、その顔を上げた。「七重殿は、金子《きんす》を見たことがありますか。一朱金《いっしゅきん》とか一文銭《いちもんせん》とか……」

「いいえ、ありません」

「そうでしょうね」はぁと息を落とす。「遠くへ旅をするには、そういう銭金《ぜにかね》が要るのです」

「はい、それはわかっておりますわ。ですからわたくし……」

そう言って、荷物の包みを開くと、中の箱を開けた。櫛や簪《かんざし》が無造作に重なって入っている。

「それに、こちらも」

手にしていた箱も開ける。

「これはわたくしの懐剣。こちらは母上の形見の守り刀。あと、お小姓の控えの間から、こっそりとこれも持ち出しました」

三振りの短刀を並べる。

「ね、こうした物を売っていけばなんとかなりますわ。参りましょう」

数馬は呆然とそれらを眺めた。

本気で言っているのだ、ということはわかる。しかし……と、数馬は腕を組んだ。屋敷暮らししか知らない七重につらい旅などできるはずがない……いや、そもそも、追われて危険な目に遭うことは目に見えている……。そう考えると、溜息しか出てこない。

数馬は立って、窓の障子を開けた。陽は中天から傾き、ほどなく黄昏色に変わるであろうと見てとれる。

数馬は振り返った。

「旅に出るなら七つ立ちと言われています。夜明けとともに出るのがふつうです」

「まあ、そうでしたか。では、明日の朝、出立することに致しましょう」

「いや、それも急すぎる。なにかと支度をしなければいけません。それに、わたしはここで仕事をしているのです。急にいなくなるなど、できません」

「なれど、いつ、父の追っ手が来るやもしれません。わたくしのことも、きっと探しているはずです」

「ええ、ですから七重殿はひとまず、屋敷にお帰りなさい。そのほうが安全です。それからまた改めて、考えることにしましょう」

「いやです」七重はきっぱりを首を振った。「戻れば、上屋敷に連れて行かれて、閉じ込められるのはわかっています。わたくしは数馬様とともにいたいのです。わたくしがお守りすると決めたのです」

数馬はゆっくりと、落ちるように畳に膝をついた。

頭の中に無数の言葉がまわり、どの言葉をつかみ出せばいいのかわからない。愛《いと》おしさも湧き上がるが、困ったという思いも同時に湧く。

「数馬様」

廊下から声がかかった。

「お茶をお持ちしましたよ」

伊助だ。助かった、という思いで、数馬はすぐに襖を開けた。盆を持った伊助のうしろには左内も立っている。二人はにやにやと笑いながら、首を伸ばして七重を覗き込んだ。

「お茶をどうぞ」

そう言って、伊助が入り込み、左内も「じゃまをする」とあとに続く。

数馬は二人を示して、七重に言った。

「暁屋の仲間で伊助さんと左内様です。いつも世話になっているのです。まあ、家族のようなものです」

まあ、と七重は指先をついて頭を下げる。

「数馬様の御家族同様とあれば、わたくしもぜひお見知りおきを。七重と申します」

はい、と伊助は茶碗が乗った茶托をそっと前に置く。

「いやあ、数馬様にきれいな姫さんが訪ねて来たと聞いたので、とっておきの宇治の茶を淹れやした。さ、どうぞ」

「はい、恐れ入ります」

微笑む七重を左内も斜めから見る。

「いやぁ、数馬殿は不器用で奥手だと思っておったが、隅におけんな」

「ま、やはり不器用ですか……」

うれしそうに笑う七重に、左内も「おう」と笑顔になる。

数馬は立ち上がって、二人に目配せをした。

「喜平殿とともに、相談に乗ってくださいい、下へ行きましょう」

「おう」

「へい」

出て行く三人を、七重は茶の湯気越しに送った。

喜平の部屋に皆が集まり、数馬は正座をして、腹に力を込めた。

「少し長い話になるのですが、聞いてください。実は……」

国で起きた突然の凶事。江戸への逃避行。そして、江戸で知った出自の秘密を、数馬はすべて語った。

「ほうほう、そういうことでしたか」

喜平がさほど驚きもせずに頷く。

左内も身体を揺らす。

「まあ、なにか厄介ごとを抱えているのだろうとは思っておったがな……大名の落とし胤とは、芝居のようではないか」

ははは、と笑う。

「ですが……」伊助は真剣な面持ちになった。「そういうことなら、あの姫さんの言うとおり、逃げたほうがいいんじゃねえですかい」

「ふむ、確かに」喜平が顎を撫でる。「ずっととは言わずとも、とりあえずことが落ち着くまで身を隠すというのは賢明ですな」

「しかし」数馬は眉を曇らせる。「国から逃げて来たのに、また逃げるというのはあまりにも臆病なようで、気が進まないのです」

「なにをおっしゃるか」伊助が言う。「三十六計逃げるに如《し》かず、と言いやすでしょうに。三十六も兵法はあるが、逃げるにまさる法はないってこってさ。忍びにとっても、大事な戦法として、真っ先に教えられるこってす。撒き菱《まびし》を撒いたり、煙幕を張ったりするのも、逃げるためですぜ」

「ふむ、逃げるに如かず、か……それはもっともな理《ことわり》ですな」

喜平が頷き、左内もそれに続く。

「そうだそうだ。理不尽な阿呆と戦うなど、それほど無駄なことはない」

「なるほど……」

数馬はじっと考え込んで、左内を見た。

「あの、では今晩、左内様とともに寝てもいいでしょうか」

「はあ、なんだ、それは」

「いえ、七重殿を屋敷に返すのはやめにして、わたしの部屋に泊めることにします。

喜平殿、よいですか」

「はい、かまいませんよ」

「ああ、なんだ」左内が苦笑いを見せる。「だからそなたがわたしの部屋で寝る、ということか……ああ、かまわんぞ」

「皆さん、ありがとうございます」

数馬はひとりひとりに頭を下げた。

五

隣から洩れる左内の寝息を聞きながら、数馬はまんじりともせずに、暗闇の天井を見上げていた。

敵にいつの間に顔を知られていたのか……そう思いを巡らせる。あ、そうか、と数馬は思わず身を起こした。向かいの公事宿の部屋から、気配を感じていたことを思い出したのだ。

きっと、あの目だ……そう思い至って、歯ぎしりをする。と、同時にはっと息を呑んだ。あの視線は数馬の部屋を探っていた。今、その部屋にいるのは七重だ。数馬は上を見上げる。やはり、ここは出たほうがよさそうだ、明日にでもどこかに移ろう……頭の中で考えをたぐりつつ、ひとり、頷く。

すでに深夜。動くものの音もなく、辺りはしんとした静寂に沈んでいる。

よし、すべては明日だ……そう言い聞かせて、再び身体を倒そうとしたそのとき、襖から音が伝わった。

「数馬様」

ささやき声とともに、そっと襖が開き、伊助が音を立てずに入って来る。が、気配を察知したのか、左内も目を開けた。

伊助は二人に寄ると、ひそめた声で告げた。

「怪しい音がしました。誰かが外に来ているようです」

「なに」

二人が腰を浮かせると、伊助は頷いた。

「身支度を整えたほうがいいでしょう」

数馬はあわてて着物を羽織ると、上を見上げた。その仕草に、伊助が焦りを手で制して言う。

「姫さんは、もう起こしてきました。女子は身支度に手間取りやすからね。さ、これを置いておきますよ」

伊助はそう言って、懐から草履を出す。数馬と七重、そして左内の分もある。

「左内様、格子の目釘《めくぎ》を抜いておいてください。あっしはまたようすを見て来やすから」

「わかった」

出て行く伊助に頷いて、左内は窓へと向かう。

わけのわからないまま、数馬はそのうしろから覗う。左内は窓の下の箱から、釘と玄翁《げんのう》を取り出して、そっと障子を開けた。道に面した窓には、格子がはめられている。左内は釘を持って、格子の下の部分をまさぐった。よく見ると、壁につけられた木に、格子が取り付けられているのがわかった。

左内がちっと舌打ちをする。しようとしていることがうまくいかないらしい。

「どれ、わたしがやりましょう」

うしろからささやきが上がった。喜平がいつの間にか、そこに来ていたのだ。左内が身体をずらすと、そこに喜平が入って、格子に手を伸ばした。釘を当て、玄翁で叩くと、重い音がして、なにかが落ちた。格子を留めていた目釘を抜いたのだ、と数馬にもわかった。喜平は反対側に移って、同じ仕草をする。左内がにやりと笑った。

「この格子はすぐに外せるように、四隅を留めているだけなのだ」

はい、と喜平が振り返る。

「上を外しますから、格子を抑えていてください。落ちないように、そっと下に置いてくださいよ」

「わかった」

左内と数馬が両脇から格子を持つ。喜平は両端の目釘を抜き、抑えていた格子をそっと下へと下ろした。

ほうと息を吐いたところへ、伊助がやって来た。

「台所口から、人が入り込みやした。二人です」

「なに」

数馬と左内は刀を脇に差す。

上を見て廊下に飛び出そうとした数馬の前に、七重が忍び足で現れた。

「数馬様、伊助さんに呼ばれました」

「ああ、よかった、こちらへ」七重の腕を引いて、草履を渡す。「これを履いていてください。窓から逃げ出します」

目を丸くする七重をさらに奥へと押しやり、数馬と左内も草履を履く。伊助はすでに草鞋《わらじ》を足にくくりつけていた。

耳をそばだてると、伊助は皆の顔を見た。

「これから曲者《くせもの》二人を怒鳴りつけやす。宿の中で斬り合いになっちゃあいけねえから、外へと出やしょう。ただ、外にも二人か三人、気配がありやすから、気をつけてくだせえ」

「おう」

左内が気勢を顕《あら》わに笑う。

数馬が窓を越えて先に出た。外から腕を伸ばして、七重も導き出す。さらに左内も窓をひらりと飛んだ。

「逃げるのですぞ」

喜平が中から数馬に言う。

伊助の声が台所から上がった。

「誰だっ」

足音が響き、それが外へと出て行く。

同時に外からも声が上がった。

「逃げたぞ、追え」

それを背に聞きながら、数馬と七重が走る。そのうしろを守るように、左内が続く。すぐあとに、伊助も追いついた。転びそうになる七重を支えながら、数馬は腕を引き続ける。

馬喰町の公事宿街を抜け、両国橋詰めの広小路に出た。

追っ手の足音がすぐうしろに迫る。

七重を背に隠し、数馬が刀を抜いた。

左内も白刃を抜きながら、追いついた相手を数える。

「五人か……気合いが入っているな」

数馬はひとりの顔に目を留めた。赤坂で対峙《たいじ》した加瀬定之だ。

定之は一歩、先に出ると声を放った。

「七重様をこちらへ戻せ」

「馬鹿な」

つぶやく数馬の横から、七重が進み出る。手には抜いた懐剣が握られていた。

「退《ひ》け、不埒者《ふらちもの》。わたくしは己の意思で来たのだ」

そう言い放ちながらも、七重の唇は震えている。数馬は身体をずらして、七重を背に隠した。

じりりと、五人のつま先が進む。

数馬と左内、伊助もそれぞれに構える。

空に浮かぶ丸い月が、広小路を照らしている。

声が上がり、定之が斬り込んできた。

数馬が飛び出す。白刃を下へと下ろす。振り上げた相手の右腕を、下から斬った。

刀が落ち、うめき声が上がる。

それを機にしたように、残りの四人が一気に斬りかかってきた。

左内はひとりと刃を合わせ、睨み合っている。

伊助は小刀を投げて、男の足を止めた。

「てめえっ」

そこに声が飛んできた。虎市だ。

手にした長い釘抜きを振り上げると、振り向いた武士の肩に打ち下ろした。

「虎市さん」

驚く数馬に、へへっと笑う。

「騒ぎに気がついたんで来やしたぜ。おいら、いっぺん、武士相手に喧嘩してみたかったんだ」

「このっ、町人風情が」

肩を打たれた武士が、刀を振り上げる。

虎市はしゃがんで躱すと、そのすねを釘抜きで打ち付けた。

左内はそれを横目で見ると、にやりとして、一歩、あとに下がった。

「悪いな」

そう言うと、相手の脇腹に棟を叩きつける。

「怯むな」

定之が叫んで、落ちた刀を拾い上げた。

数馬は七重を目で振り返る。

「わたしの背から離れるな」

数馬の言葉に、「はい」と七重が頷く。

「おまえなど……」

定之が左手で刀を振り上げる。

「いないほうが国のため……」

斬り込んで来る定之の脚を、数馬は切先《きっさき》で突く。

間を保ったまま、定之と数馬が睨み合う。

「数馬様」

そこに伊助が割り込んだ。

「あとは任せて、お逃げなされ。姫さんを巻き込んじゃあいけねえ」

数馬は頷くと、切先を引き抜いた。定之が崩れ落ちる。

伊助は大川を顎で示した。

「いいですかい、そこの柳橋《やなぎばし》を渡って、川っぷちをお行きなせえ。そうしたら小さな船小屋がありやす。戸に赤って書いてあるから、すぐにわかる。その中に隠れるんです。あっしが迎えに行くまで、じっとしといてくださいよ」

「わかった」

数馬は七重の肩を抱いて走り出す。

背後では、刃の打ち合う重い音が響いた。が、神田川《かんだがわ》を渡るとそれも聞こえなくなった。

川縁に走ると、すぐに赤の字の書かれた船小屋が見つかった。

二人はそこに飛び込んだ。

狭い船小屋の隅で、二人は腰を下ろした。

数馬は七重の手を見て、微笑んだ。懐剣を握りしめたままだ。

「もう大丈夫です、危ないからお放しなさい」

「はい……なれど、手が……」

七重の手は小刻みに震えている。数馬は小さく吹き出すと、自分の手を添えて、そっと包んだ。ゆっくりと手をさすって、指を伸ばしていく。硬くなっていた手の力が抜け、懐剣が離れる。数馬はそれを手にとると、七重の胸に刺さったままの鞘にそっと納めた。

ほっと七重の息が落ちる。

「怖かった」

七重はそうつぶやくと、数馬の胸に顔を埋めた。

「はい、すみません」

数馬はその背を両腕で抱きしめる。二の腕にしがみつく七重を、思い切りかき抱く。

「もう大丈夫です」

そうつぶやきながら、甘やかな香りを数馬は吸い込んだ。頬で、七重の耳を撫で、そっと口をつけた。

「数馬様」

七重の手に力がこもる。

見上げる七重に、数馬は唇を重ねた。

甘やかな香りが、身の内にまで透るようだった。

互いの温もりを腕に手に感じながら、二人はじっと目を閉じていた。

「数馬様」

七重がつぶやく。

「なんです」

数馬の息が七重の耳にかかる。七重が吐息のように言った。

「二人で、どこまでも逃げましょうね」

「ええ」

「ずっとですよ」

「はい」

そう頷くと、七重が胸の中で微笑むのが感じられた。

「遠く、北に参りましょう。日光《にっこう》を抜けて那須《なす》に出て、白河《しらかわ》、松島……それから平《ひら》泉《いずみ》に行って、立石寺《りっしゃくじ》、新庄《しんじょう》……」

七重のつぶやきに、数馬は吹き出した。

「ちょっと待ってください。それは芭蕉《ばしょう》の『奥の細道』の行路を並べているのではありませんか」

「はい」

七重が上を向く。

「なれど、わたくし、北はそれでしか知りませんもの」

無邪気に笑む七重に、数馬は笑いを放つ。

「いや、わたしもそうですが……」

数馬は腕に力を込めた。

「七重殿といっしょなら、どこでも楽しそうだ」

「はい。わたくしも……」そう言いつつ、七重は数馬の頬に手を当てた。「わたくし、数馬様がこんなにお強いとは思いませんでした」

数馬がさらに笑う。が、少し、真顔になった。

「いや……そうですね、わたしは暁屋に来てから強くなったのです。あの宿で、成長したようなものです」

ええ、と七重が頷く。

「わかる気が致します。皆様、頼りになる方々ですものね」

「ええ。わたしは果報者です。いろいろなことに恵まれた……今はこうして七重殿まである……」

腕を深くまわして、七重を抱きしめる。腕をつかむ七重の手にも力がこもった。唇が近づく。

小屋の板壁を叩いたらしい。が、そこに音が鳴った。

「数馬様、おられますか」

伊助の声だ。

「開けますよ」

音を立てた戸から、ほんのりと光が差し込む。伊助のうしろの空が、濃い闇から紺色へと変わっていた。

「さ、出てください、船に乗りますよ」

小舟の上で、七重は目を輝かせて、数馬の腕をつかむ。

「わたくし、舟に乗ったのは初めてです」

東の空はすでに赤味が差し、暁の色に変わりはじめている。

伊助は船尾で棹を差しながら、前の二人を見る。

「この舟は知り合いの赤兵衛《あかべえ》のもんですから大丈夫です。上《かみ》へ送って行きますよ」

「まあ、伊助さんは舟まで漕げるのですね」

そうはしゃぐ七重に、伊助は片目を細める。

「けど、姫さん、女子は船番所を抜けられません。あまり遠くへは行けませんぜ」

数馬が振り向く。

「そうですよね。では、千住《せんじゅ》の番所の手前で下ろしてください。そこから歩きます」

数馬は揺らめく水面に目を移した。

七重は高揚しているせいか、ずっと笑顔で周囲を見渡している。

しかし……数馬は自問する。このまま逃げたら、残った人々はどうなるのだろう……。その問いが人々の顔を浮かび上がらせる。井上武部、新一郎、大目付片桐善右衛門、大殿様……そして、顔は知らない国家老やその配下の人々……。おそらく誰もが、困惑するにちがいない。いや、きっと憤るだろう……。

数馬は振り向いて、河口の上に拡がる朝焼けを見た。

伊助がその顔に、ふっと笑いかける。

「数馬様もたいそうな業を負っておいでだ」

業……そうつぶやいて数馬は目を眇めた。朝焼けのまぶしさが、瞳を差す。

「このまま逃げたら……」数馬は伊助に問う。「わたしの業は泥になってしまうのでしょうか」

伊助は笑みを閉じて、首を傾げた。

「さあ、ねえ……行った先で花が咲くかもしれねえし、泥沼に沈むかもしれねえ……行った先のことは、行ってみなけりゃわからないもんでさ」

数馬は目を閉じる。

人々の顔がまた浮かぶ。山名家の亡き父、そして母の顔がゆらゆらと揺れる。

出自を知った上で、立派に育てようと丹精を込めた両親。そして、その息子のために命を落とした人生。すべてを捨てて息子が逃げたとしたら、その人生はなんのためだったのか……おそらく浄土でそう嘆くにちがいない……。

数馬は七重を見た。

七重はなにか、と問うように首をかしげる。数馬の口が自然に開いた。

「やめましょうか」

「はい……なにをです」

きょとんした目を、数馬はまっすぐに見る。

「逃げるのをやめるのです」

「まあ……では、どうなさるのですか。わたくし、屋敷には戻りません。離れないと決めたのですから」

腕にすがる七重を、数馬は両の手で支えた。

「はい、離れません。されど、逃げもしません」

数馬は伊助を振り向いた。

「伊助さん、行き先を変えます。川を下ってください」

「下るんですかい」

「はい。大川から海に出て、芝浜《しばはま》に行ってください」

数馬は暁の空を見つめて、言った。


芝浜から陸に上がり、数馬は愛宕山《あたごやま》に向かって歩き出した。

「まさか、上屋敷に行くおつもりですか」

早足で横に並びながら、七重は数馬を見上げる。

「そうです、正面から戦うのです」

胸を張った数馬は、だが、すぐに足を止めて七重を見た。

「いやですか」

「あら」七重は首を横に振る。「いいえ。わたくしが決めたのは数馬様と離れないということだけです。どこへなりとともに参ります」

「しかし……道の先は泥沼かもしれません」

七重はにっこりと微笑む。

「なれど、伊助さんがおっしゃっていましたわ。行ってみなければわからない、と。わたくしもそう思います」

数馬は頷いて、前を向いた。

「では、行きます」

「はい」

二人の足が、また前へと進みはじめた。愛宕山の緑が、道の先に見えていた。

愛宕下、秋川藩上屋敷。

その表門は開け放たれていた。

数馬は大きく息を吸いながら、その前に立った。

門番は訝しげに二人を見る。と、七重の顔に気づき、うろたえた。

「これは、七重様」

七重はかしこまる門番に頷くと、そっと数馬の背に手を当てた。二人、並んで、門をくぐる。

中にいた侍は二人の姿を見て、あわてて奥へと走った。なにやら、あわただしげに、人が行き交っている。

「なんと」

そう口を開けながら、すぐに井上武部が現れた。

「なんと、なんと……探しておりましたぞ……」

「井上様、こちらにおいででしたか」

数馬が走り寄る。

「そうよ、昨日、こちらに参ったのだ。それより、昨夜、暁屋でとんでもないことがあったと聞いて、大騒ぎになっておったところですぞ。怪我はしておられぬか」

武部は七重と数馬の姿を、上から下までくまなく見る。

「おや、血ではないか」

数馬の首に手を伸ばす。

「いえ、これは相手の……加瀬定之殿は戻っておられますか」

「ああ、ああ、怪我をして戻って来ておる。そなた達を襲ったことも発覚ずみだ。とにかく、来い、さあ」

武部に袖を引かれ、二人は屋敷の中へと連れて行かれた。

奥の部屋へ通される。

数馬は「えっ」と思わず声を上げた。

正面に大殿実義が座っている。

その前で数人の男が平伏している。

「父上」

七重がその中央の背中を見て、声を落とした。振り向いた江戸家老は、隣の数馬に目を留める。

その目がぎょろっと動いた。

「そうだ」

実義が手を上げて、数馬を示す。

「あれが我が息子よ」

膝をつこうとする数馬に、実義は手招きをする。

「近うに寄れ」

数馬がまわりを覗いながら進む。実義は己の脇を差して、さらに招いた。

「ここに座れ」

戸惑う数馬の背中を武部が押す。おずおずと座ると、実義は頷いて、ゆっくりと居並ぶ人々を見た。

「よいか、皆の者に言うておく。ここにおるのは我が次男である。今日から、名を実《さね》一《かず》とし、藩主実元《さねもと》の補佐役を命じる」

皆の頭が下がる。

脇に控えている片桐善右衛門が、目配せをして大きく頷いた。

呆然とする数馬に、実義は「見ておれ」とささやいた。

「よい機である。この実一の前で、裁可を下す。江戸家老望月主膳」

重々しい声に、主膳が面《おもて》を上げる。数馬は初めて見る敵《かたき》の顔をじっと見据えた。主膳の口が、音を立てそうに歪んで、数馬を見返す。

「望月主膳、そなたは罷免致す。国に帰って蟄居《ちつきょ》せよ」

実義の命《めい》に主膳が膝を進める。

「大殿様、されど、もうしばし、吟味をされたく……」

「黙れ」一喝が飛ぶ。「吟味は十分。余は相談をしているのではない、命じておるのだ。加瀬嘉門も罷免。配下の者どもは、これから罪状に応じて裁可する。それまで謹慎を命じる、よいな」

ははっ、と皆が平伏した。そこに片桐善右衛門が立ち上がった。

「望月と加瀬は牢に移せ。そこから国へ送る」

　はっと、若い武士が両名に近寄った。

「しばし、お待ちを」

声を上げたのは七重だった。

　実義が眉を寄せる。

「七重、気の毒だが、父の罪状は明白だ」

「いいえ」七重が進み出る。「父上をかばうつもりはありません。わたくしは、父との縁を切りたいのです」

「なんと」

　居並ぶ男達の口からつぶやきがもれる。それを跳ね返すように、七重は胸を張った。

「わたくしは望月の名を捨てたいのです。武部殿の、井上家の養女にしてください」

「七重、そなた……」

　主膳が愕然として娘を見る。それを躱して、七重は武部に向いた。

「なりませんか」

　武部はぽかんと開けていた口を閉じ、そして笑いで再び開けた。

「なるほど」武部は実義に姿勢を正してみせる。「大殿様、七重様は、この数馬、いえ、実一様のために名を捨てたいのだと存じます」

「なんと……どういうことか」

「はい、望月家は実一様にとっては育ての御両親の敵《かたき》。その娘では、夫婦になるのに不都合かと存じます」

　武部は七重を見て、にっこりと笑った。

「さようでございましょう」

「はい」

　七重は頬を赤く染めながらも、堂々と頷く。

「ほう……」

　実義が傍らの息子を見る。やはり赤く染まった顔に、眼を細めた。

「そうか……よい、許す」

「ありがたき幸せ」

　武部と七重が手をついた。

「では、武部」

　実義がうれしさを押し殺すように、声を抑えながら言った。

「二人の祝言を速やかに調えよ」

「はい。かしこまってございます」

武部が晴れやかに顔を上げた。

「ああ、忙しい、忙しい」

暁屋では、喜平もお吹も駆けずりまわっていた。

数馬からここで祝言を挙げたいと言われ、その日からてんてこ舞いになったのだ。

そして、あっという間に、その日になっていた。

「お父上の大名まで来なさるそうですね」

伊助は屛風《びょうぶ》を開きながら、反対側の友吉に問う。

「はい、でも、お忍びだそうですから、そう騒がなくとも……」

下の部屋からは左内のうなり声が響き渡る。

「高砂《たかさご》やぁー、この浦舟に帆を上げてぇー」

「左内様、はりきってますね」

お十三が笑いながら、覗く。

「おう、それはそうだ。あの奥手の数馬殿が祝言を挙げるのだぞ。ここはわたしが気張らなくてどうする……どれ、この、うら、浦舟にぃ……」

浦舟にぃ……と暁屋から声が流れ続ける。

当の花婿は馬に乗って、下屋敷へと向かっていた。うしろには、数人の供が付き従っている。

先頭では、新一郎が馬の手綱を握って、裃姿の従弟を見上げていた。

「いやぁ、これは見ちがえるというものだ。わたしも鼻が高い」

「やめてください」数馬は眉を寄せる。「わたしは恥ずかしくてしかたないのです。このような大仰なことになるとは……」

「ふうむ、しかし、七重様のお望みとあらばしかたあるまい。そなたに、いや、実一様に迎えに来てほしい、と申されたのであろう」

「ええ。七重殿も馬に乗って、二人で並んで進みたいと言ってきかないのです」

ははは、と新一郎の笑いが起きる。

「今からそれでは、尻に敷かれるのはまちがいない……いや、御無礼、よき夫婦になられることでしょう」

かっかと笑い続ける。

下屋敷の門は、大きく開け放たれていた。

数馬は馬から下りると、門の敷石を踏んだ。

門番が恭しく頭を下げる。その顔を見て、数馬は足を止めた。息を吸って、思い切って声をかける。

「御苦労である」

その言葉に、門番は顔を上げた。

「はっ、実一様、本日は真におめでとうござい……」

言いながら門番の顔が引きつった。口がわなわなと震える。

「そそ、そなた、素浪人……」

鼻の横の黒子《ほくろ》がひくひくと動く。これまでさんざんかけた愚弄の言葉が、脳裏に甦っているのがわかる。

数馬は吹き出したい衝動を抑えながら、その前を通り過ぎた。新一郎が振り返りながら、首をかしげる。

「なんだ、あの門番。転んでおるぞ」

数馬は吹き出す。

前のほうでは、人影が揺れている。人々が並び、馬の姿もある。

「数馬様、こちらです」

玄関先から七重の声が飛んだ。白無垢《しろむく》の袖がひらひらと揺れている。

「これ、実一様ですよ」

たしなめる武部を見もせずに、七重は走って来ると、純白の綿帽子の下から微笑んだ。真っ白なその姿に、数馬は息を呑む。

「わたくし、馬の稽古をしたのです。ちゃんと乗れるようになりました」

七重は屈託のない手で、傍らの馬を撫でる。

「さ、参りましょう」

そう微笑む七重の手をとって、数馬は馬へと乗せる。

「手を放してなりませんよ」

数馬はそう言うと、ゆっくりと手綱をとった。

「はい」

馬上の七重が頷く。

「さてもさても、我々も行くとしよう」

武部の声が高らかに上がる。

行く手の空には、暁の朱色が微かに残っていた。

時代小説

二見時代小説文庫

公事宿《くじやど》 裏始末《うらしまつ》5 追《お》っ手《て》討《う》ち

著者 氷月《ひづき》 葵《あおい》

発行所 株式会社 二見書房
東京都千代田区三崎町二-一八-一一
電話 〇三-三五一五-二三一一［営業］
〇三-三五一五-二三一三［編集］
振替 〇〇一七〇-四-二六三九

印刷 株式会社 堀内印刷所
製本 ナショナル製本協同組合

落丁・乱丁本はお取り替えいたします。
定価は、カバーに表示してあります。

 ISBN978-4-576-15011-6
http://www.futami.co.jp/

二見時代小説文庫

公事宿《くじやど》 裏始末1 火車《かしゃ》廻る

氷月 葵［著］

理不尽に父母の命を断たれ、江戸に逃れた若き剣士は、庶民の訴訟を扱う公事宿で、絶望の淵から浮かび上がる。人として生きるために……。新シリーズ第1弾！

公事宿 裏始末2 気炎《きえん》立つ

氷月 葵［著］

江戸の公事宿で、悪を挫き庶民を救う手助けをすることになった数馬。そんな折、金持ちしか相手にせぬ悪名高い四枚《しまい》肩の医者にからむ公事が舞い込んで……。

公事宿 裏始末3 濡れ衣奉行

氷月 葵［著］

材木石奉行の一人娘・綾音は、父の冤罪を晴らさんと、公事師らと立ち上がる。牢内の父から極秘の伝言は、濡れ衣を晴らす鍵なのか⁉ 大好評シリーズ第3弾！

公事宿 裏始末4 孤月の剣

氷月 葵［著］

十九年前に赤子で売られた長七は父を求めて、十五年前に十歳で売られた友吉は弟妹を求めて、公事師らと共に闘う。俺たちゃ公事師、悪い奴らは地獄に送る！

与力・仏《ほとけ》の重蔵 情けの剣

藤 水名子［著］

続いて見つかった惨殺死体の身元はかつての盗賊一味だった…。鬼より怖い凄腕与力がなぜ〝仏〟と呼ばれる？ 男の生き様の極北、時代小説に新たなヒーロー！ 新シリーズ！

密偵《いぬ》がいる 与力・仏の重蔵2

藤 水名子［著］

相次ぐ町娘の突然の失踪…かどわかしか駆け落ちか？ 手がかりもなく、手詰まりに焦る重蔵の、乾坤一擲の勝負の一手！ 〝仏〟と呼ばれる与力の、悪を決して許さぬ戦い！

奉行闇討ち　与力・仏の重蔵3

藤水名子［著］

腕利きの用心棒たちと頑丈な錠前にもかかわらず、千両箱を盗み出す《霞小僧》にさすがの《仏》の重蔵もなす術がなかった。そんな折、町奉行矢部定謙が刺客に襲われ…

修羅《しゅら》の剣　与力・仏の重蔵4

藤水名子［著］

江戸で夜鷹殺しが続く中、重蔵は密偵を囮《おとり》に下手人を挙げるのだが、その裏にはある陰謀が！　闇に蠢く悪の所業を、心を明かさぬ《仏》、重蔵の剣が両断する！

箱館奉行所始末　異人館の犯罪

森真沙子［著］

元治元年（1864年）、支倉幸四郎は箱館奉行所調役として五稜郭へ赴任した。異国情緒溢れる街は犯罪の巣でもあった！　幕末秘史を駆使して描く新シリーズ第1弾！

小出大和守《こいでやまとのかみ》の秘命　箱館奉行所始末2

森真沙子［著］

慶応二年一月八日未明。七年の歳月をかけた日本初の洋式城塞五稜郭。その庫が炎上した。一体、誰が？　何の目的で？　調役、支倉幸四郎の密かな探索が始まった！

密命狩り　箱館奉行所始末3

森真沙子［著］

樺太《カラフト》アイヌと蝦夷《えぞ》アイヌを結託させ戦乱発生を策すロシアの謀略情報を入手した奉行小出は、直ちに非情なる命令を発した……。著者渾身の北方のレクイエム！

はみだし将軍　上様は用心棒1

麻倉一矢［著］

目黒の秋刀魚《さんま》でおなじみの江戸忍び歩き大好き将軍家光《いえみつ》が、浅草の口入れ屋に居候。彦左や一心太助、旗本奴や町奴、剣豪らと悪党退治！　胸がスカッとする新シリーズ！

剣客相談人 長屋の殿様 文史郎

森詠［著］

若月丹波守清胤、三十二歳。故あって文史郎と名を変え、八丁堀の長屋で爺と二人で貧乏生活。生来の気品と剣の腕で、よろず揉め事相談人に！ 心暖まる新シリーズ！

狐憑きの女 剣客相談人2

森詠［著］

一万八千石の殿が爺と出奔して長屋して暮らし。人助けの万相談で日々の糧を得ていたが、最近は仕事がない。米びつが空になるころ、奇妙な相談が舞い込んだ！

赤い風花《かざはな》 剣客相談人3

森詠［著］

風花の舞う太鼓橋の上で旅姿の武家娘が斬られた。釣り帰りに目撃し、瀕死の娘を助けたことから「殿」こと大館文史郎は巨大な謎に渦に巻き込まれてゆくことに！

乱れ髪残心剣 剣客相談人4

森詠［著］

「殿」は大川端で心中に見せかけた侍と娘の斬殺死体を釣りあげてしまった。黒装束の一団に襲われ、御三家にまつわる奥深い事件に巻き込まれていくことに…！

剣鬼往来 剣客相談人5

森詠［著］

殿と爺が住む八丁堀の裏長屋に男装の女剣士が！ 大瀧道場の一人娘・弥生が、病身の父に他流試合を挑む凄腕の剣鬼の出現に苦悩し、助力を求めてきたのだ。

夜の武士《もののふ》 剣客相談人6

森詠［著］

裏長屋に人を捜してほしいと粋な辰巳芸者が訪れた。札差の大店の店先で侍が割腹して果てた後、芸者の米助に書類を預けた若侍が行方不明になったのだというが…。

笑う傀儡《くぐつ》 剣客相談人7

森詠［著］

両国の人形芝居小屋で、観客の侍が幼女のからくり人形に殺される現場を目撃した殿。同じ頃、多くの若い娘の誘拐事件が続発、剣客相談人の出動となって……。

七人の剣客 剣客相談人8

森詠［著］

兄の大目付に呼ばれた殿と爺と大門は驚愕の密命を受けた。江戸に入った刺客を討て！ 一方、某大藩の侍が訪れ、行方知れずの新式鉄砲を捜し出してほしいという。

必殺、十文字剣 剣客相談人9

森詠［著］

侍ばかり狙う白装束の辻斬り探索の依頼。すでに七人が殺され、すべて十文字の斬り傷が残されているという。背後に幕閣と御三家の影!? 殿と爺と大門が動きはじめた！

用心棒始末 剣客相談人10

森詠［著］

大川端で久坂幻次郎と名乗る凄腕の剣客に襲われた殿。折しも江戸では剣客相談人を騙る三人組の大活躍が瓦版で人気を呼んでいるという。はたして彼らの目的は？

疾《はし》れ、影法師 剣客相談人11

森詠［著］

獄門首となったはずの鼠小僧次郎吉が甦った!? 殿らのもとにも大店から用心棒の依頼が殺到。そんななか長屋に元紀州鳶頭の父娘が入居。何やら訳ありの様子で…。

必殺迷宮剣 剣客相談人12

森詠［著］

「花魁霧壷を足抜させたい」――徳川将軍家につながる田安家の嫡子匡時から、世にも奇妙な相談が来た。しかし、花魁道中の只中でその霧壷が刺客に命を狙われて…。

二見時代小説文庫

賞金首始末 剣客相談人13
森 詠［著］

女子ばかり十人が攫われ、さらに旧知の大名の姫が行方不明となり捜してほしいという依頼。事件解決に走り回る殿と爺と大門の首になんと巨額な賞金がかけられた！

朱鞘《あかさや》の大刀 見倒屋鬼助《みたおしやきすけ》 事件控1
喜安幸夫［著］

浅野内匠頭の事件で職を失った喜助は、夜逃げの家へ駆けつけて家財を二束三文で買い叩く「見倒屋」の仕事を手伝うことになる。喜助あらため鬼助の痛快シリーズ第１弾

隠れ岡っ引 見倒屋鬼助 事件控2
喜安幸夫［著］

鬼助は浅野家家臣・堀部安兵衛から剣術の手ほどきを受けた遣《つか》い手の中間《ちゅうげん》でもあった。「隠れ岡っ引」となった鬼助は、生かしておけぬ連中の成敗に力を貸すことに…

北瞑の大地 八丁堀・地蔵橋留書1
浅黄 斑［著］

蔵に閉じ込めた犯人はいかにして姿を消したのか？ 岡っ引き喜平と同心鈴鹿、その子蘭三郎が密室の謎に迫る！ 捕物帳と本格推理の結合を目ざす記念碑的新シリーズ！

天満月夜《あまみつつきよ》の怪事《ケチ》 八丁堀・地蔵橋留書2
浅黄 斑［著］

江戸中の武士、町人が待ち望む仲秋の名月。その夜、惨劇は起こった……！ 時代小説に本格推理の新風を吹き込んだ！ 鈴鹿蘭三郎が謎に挑む、シリーズ第2弾！

蔦《つた》屋でござる
井川香四郎［著］

老中松平定信の暗い時代、下々を苦しめる奴は許せぬと反骨の出版人「蔦重」こと蔦屋重三郎が、歌麿、京伝ら「狂歌連」の仲間とともに、頑固なまでの正義を貫く！